神に選ばれた男　児玉源太郎
日本一小さな巨人

目次

はじめに

明治末期に長州出身の児玉源太郎という「日本一の小さな巨人」がいた。

歴史好き、特に日本の近代史好きの方は彼のことを知る人は多いであろうが現代日本人、とりわけ太平洋戦争後に生まれた若い世代は学校の歴史の教科書でもあまり教えていないのであろうか、またはＧＨＱの施した戦後教育の弊害である「自虐日本史」に慣らされているせいなのか彼の名前を知らない方が多いと感じる。

このことは児玉源太郎と同郷である山口県出身の若い方ですらそうであるので、その他の都道府県出身者の彼の認知度は推して知るべしであろう。

非常に残念なことである。

彼の活躍した時代は戊辰・日清・日露戦争時の出来事であるが、わずか一一〇年前の彼の成した偉業が正当な評価をもって現代の日本人に語り継がれなかったことは悪い意味での「奇跡」としか言いようが無いと感じる。

本書は児玉源太郎という人物を、毎年一〇月に出雲に集まる神々によって「日本をロシアから守る担当者として選ばれた」という設定に仕立てた。

もちろんこの部分だけは創造である。

なぜそのような手法を採ったかというと、彼の行った業績がそれほどまでに「神がかって」いたからである。

まるで答を知っている誰かからの指示をもらっていたのではないかと思えるから「不謹慎だ」と言われる覚悟で想像して書いてみた。

もちろん彼が「神に選ばれた」という事実はなく、すべては児玉源太郎が独力で悩みながら解決したことを改めて記したい。

当時よちよち歩きであった日本国を、ロシアの南下政策の魔の手から逃れるために、政財界に日露開戦の決断をさせ、難攻不落の旅順要塞を陥落させ、奉天大会戦においては名将クロパトキンに勝利して日本を窮地から救ったエリート軍人の側面と、現代の台湾人をして親日家たらしめたエリート行政官としての彼の偉業についてもう一度スポットライトを当ててみたく思い筆を執った次第である。

極論をすれば歴史に「もし」は許されないことではあるが、児玉源太郎がもし存在していない日本史があるとすれば、我々日本人は今頃ロシア語を公用語としていたであろう。

そこまで極言してもいい。

そういう意味においては彼は現代に生きる我々とは決して無縁の人物ではないと信じるものである。

ただ本書を書くために調べれば調べるほど、児玉源太郎という人物は生涯において地位や名声を欲することなくまた財を成すことも極端に嫌った聖人君子に近い人物であることがわかった。

極力スポットライトの下に出てこようとしない人物に焦点を当て、現代の若い世代に知っていただく本書の趣旨がはたして彼の本望であるかどうかははなはだ疑わしい限りである。

現在、山口県周南市の児玉公園内にある彼の銅像に対峙した時に聞こえた「できればそっとしておいてくれないか」という源太郎の声が何度も聞こえてくる中の執筆となるであろう。

※

源太郎が名声を嫌ったエピソードである。

日露戦争が日本の勝利で終わり、ポーツマス条約が締結した後、東京・浅草の凌雲閣で開催された日露戦争写真展において児玉源太郎の写真がフランスの英雄ナポレオン・ボナパルトの再来と称されて「日露戦争・勝利の神様」と題して展示されていた。

要するに彼の功績がそれほどまでに評価されていた証左である。

その写真を食い入る様に見る軍服を着た人たちの集団にそっと「この写真の児玉という人間はそんなにじっと見つめるほどの偉い人ではありませんよ」と耳打ちした人物がいた。

写真を見ていた軍人たちはその声にたいそうな剣幕で「何を言うか！　貴様！」とその無礼を咎めたのである。

そして全員が振り返って見ると自分たちに耳打ちした人間が、当の児玉源太郎本人だとわかって驚き、逆に自分たちの非礼を詫びて大いに恐縮したという。

児玉源太郎という人間は極論を言えば、まさに「弱小国日本を大国ロシアからの脅威から救うためだけに生まれたような男」であり、またその功に対しての評価や代償に関して他の軍人たちと異なり上記のエピソードのごとく生涯まったく無頓着であったと言えよう。

本書ではどこまで児玉源太郎の本質に迫れるかどうか、はなはだ自信は無いが、彼の壮絶な人生を今一度反芻していただければ筆者としてこれほどうれしいことは無い。

あえてくだけた今風の言葉を借りると「超カッコいいヒーロー」の姿を痛感していただき

たい。

もう一度言いたい。

かつて身長わずか一五〇センチの「巨人」が、絶体絶命の窮地に立たされた日本を救ったことを頭の片隅に留めていただければと切に願う次第である。

一　神々の会合

人間には守護霊が付いていると言われている。

この世に生きる人間のすべてはその先祖が守護していて、子孫であるその人間に降りかかる災難や不幸を未然に防いでくれると言われている。

国家もまた同じである。

ご存知の通り日本国は古くから、八百万《やおよろず》の神と言う無数の神々が存在している。

彼らが守護している日本国に「大きな災厄」が降りかかる時は、必ず事前に出雲にて全体会議が行われて対策を立てるならわしであった。

このようにして「神国日本」は何千年に亘り文字通り「無数の神様の加護」により海外からの脅威に対しても守られてきたのであった。

毎年一〇月にあたる神無月《かみなづき》、出雲に全ての神々が集まることは有名であるが本当の目的はこの会議のためであったのである。

よって出雲では神々が集まる一〇月のことを今でも神有月《かみありづき》と呼ぶ。

しかしなにぶん八百万もの多くの神様が出席する会議なので、審議は一度には決まらないことが通例である。

その中で議長を務める天照大御神（アマテラス）が、長い審議が終わった後こう発言した。

「それでは皆のもの、静粛に。長らくの議論の結果、四〇年後に迫りくるロシアの脅威に対しては担当を長州の児玉源太郎と言うことに決定した。皆はこの決議でよいな？」

会場を埋め尽くす「八百万の神たち」の万雷の拍手が起こった。

もちろん決議に同意の意味である。

ここで満場一致でまだ当時五歳に満たない「児玉源太郎」が対ロシア戦担当に選ばれたのであった。

「なお、皆もご承知のとおり、我々の啓示を一回与える毎に一年の寿命を削るルールは今までと同じとする」

「しかし、かつての坂本竜馬のように五〇回近く啓示を与えたら事をなす前に寿命がつきるのでは？」

「たしかに言うとおり坂本竜馬は寿命を削りすぎたな。そこはうまく調整するので心配なきように」

「わかりました。信じております」

――パーン！

出雲の会場内に大きく響くアマテラスの木槌の音で全体会議は閉会となり神々は日本各地へと帰っていった。

※

議長席から降壇するアマテラスに弟の素戔嗚（スサノオ）が近寄った。

スサノオは誰もが知る天界の暴れん方である。

「しかし姉者、迫りくるロシアの脅威とは姉者の見立てではそれほど大きなものなのか？」

スサノオの質問に日本の未来が全て見通せるアマテラスが返す。

「四〇年後、ロシアは一〇倍以上の国力と軍事力で朝鮮半島から我が国を蹂躙する様がハッキリ見えておるわ」

「それならば簡単なことよ。私が直接戦場に出向いてロシア兵を蹴散らすまでのこと」

「またそなたは、得意の蛮力で昔のように狼藉をいたすつもりか？」

「いや、それほど戦力の違いがあるならと思いまして。あくまでもこの日本国をお守りしたい一心から申し出た言葉です」

「まったくお前は成長しとらんな。我々が直接手を下すのはやめにして日本国民から担当者を決めて国民に全てをやらすように決まったことはお前も知らぬことではあるまい」

「もちろん、それは承知していますが」

「第一、神であるお前が出て行ったら向こうのロシア正教の神も黙ってはいまい。神々との戦いになったら終始がつかないことになるぐらいお前もわかるであろう」

「しかし……その児玉という男にそのような未曾有の国難を任せて大丈夫なんですか？　そもそもまだ幼い子どもなんでしょう？」

「大丈夫じゃ、我々神たちの大いなる意思を知りそれに足る資質を備えておる人間だ。しかも危機に際しては我々がタイミングを見て啓示を与える手筈になっておる」

「今回はどのような方法で啓示を与えるのですか？」

「危機の前にはわらわが夢枕に出て対処法と心構えを聞かせてアドバイスをする。しかしスサノオ、その方は戦の名人である。ロシアとの戦いに関してはそなたが同じように枕元に立ってよきアドバイスをするように」

「はっ、わかりました。姉上の命に従いまする」

「それでよい、我が弟よ宜しく頼むぞ」

「御意」

それだけ言うとアマテラスは自宅のある伊勢神宮へと帰って行った。

二　源太郎誕生

一八五二年四月一四日

源太郎は長州の支藩である徳山藩（現　山口県周南市）に父　児玉半九郎《はんくろう》と母　モトの間に長男として生まれた。

源太郎には姉がすでに二人いたが、初めての男児の誕生に徳山藩士である児玉家の跡目ができたことで父親の半九郎は大喜びしたという。

現在も周南市児玉町の「源太郎生誕の地公園」内に、生湯を汲んだ井戸とともに生家が大切に保存されている。

しかし源太郎は、ものごころのつかない五歳のときにこの厳格な父親と不運にも死別することになる。

※

一八五七年　源太郎五歳　深夜
源太郎が自室で眠っていたら夢の中で神々しい女神が現れた。

「源太郎、今から言うことをよく聞くのじゃ」

「あなたはいったい誰ですか？」

「わらわはアマテラスと申す神である。おまえも一度くらい名前は聞いたことがあろう」

「はい、父上から教わりました」

「そうか、それでは話が早い。おまえは今から日本を夷敵から守る使命を担ってもらう」

「夷敵……ですか？」

「そうじゃ、ロシアじゃ。そのためにわらわと弟のスサノオが今から肝心なときに現れて道しるべを示す。その言葉をよく覚えて指示に従うように」

「私がロシアと戦うのですか？」

「そうじゃ、お前がすべての指揮をとり日本をロシアから救うのじゃ」

「わかりました」

「早速であるが、近いうちにお前は大切な肉親を失うことになる。しかしこれはお前の精神の鍛錬のためである」

「私の肉親が死ぬのでしょうか？」

「そうじゃ」

「わかりました、悲しいことですが覚悟を決めました」

「よいか、ユメユメ疑うことのないようにな」

「はい、ご指示に従います」

※

「父上、昨日わたくしの夢の中にアマテラス神が現れてこのように申しました。私がロシアと戦うことと、今から大切な人間の死を体験させると言われました」

「はっはっは、夢のお告げか。たしかに世の中には人間が理解できないようなそういう不可思議なことがある」

「しかし大切な人間を亡くすと申されたので、父上や母上のことが心配です」

「わしは見てのとおり体は丈夫であるし病気もない、藩へのご奉公もうまくやっておるから心配におよばず」

「さようでございますか。わかりました」

父親の半九郎は昔風の侍で、自分の意見は何がなんでも曲げないという激しい性格の持ち主であったと言われている。

※

そのような気骨のある侍であり、徳山藩からは当時一〇〇石の扶持を与えられていた中級武士であった。

半九郎は当時日本の風潮であった「公武合体」を主論とする藩に対して「尊王攘夷」の重要性を何度も激しく説いたが、藩主をはじめすべての家臣は一切聞く耳を持たなかったという。

それどころかあまりにも執拗に「尊皇攘夷」の必要性を迫る半九郎に対して疎ましく感じたあまりに、家臣たちは半九郎に自宅での蟄居を命じたのであった。

この藩の姿勢に失望して憤った半九郎はそれ以来、自宅内にて蟄居を甘んじて受け入れたが、そのかわりに毎日の食事をまったく受け入れずに無言の抗議の姿勢を貫いて憤死したとされている。

このように自分の意志を命を賭けてまで貫こうとする相当一途で激しい気性の父親の元に

児玉源太郎は生まれたわけである。

まして貫こうとした意志は「日本を狙う敵国から守る」という防衛論であった。

当然その熱い日本防衛論のＤＮＡを源太郎は引き継いでいたはずである。

四〇年後に「ロシアから日本を守る」担当者に選ばれてもなんら不思議ではない。

その後、アマテラスの啓示どおり父親を亡くした源太郎は、姉の久子の入り婿で家督を継いでいた義兄に当たる児玉次郎彦《じろうひこ》に文武の教育を受けて育った。

この児玉次郎彦は入り婿前の名は浅見次郎彦といい、相当に屈強な体格の持ち主で若いときから文武両道を得意としていにしえの和漢書に精通し、さらには剣術にも秀でていた。

彼は維新の英雄、久坂玄瑞などとも親交が深く、後に「徳山七士」と呼ばれるようになるほどの大人物であった。

そのような彼の才能は当然藩内にも響き渡り、当時の藩校であった鳴鳳館の助訓役（副校長）を努め、多くの子弟たちに文武はもちろんのこと天皇を崇拝する「尊王攘夷の大儀」を熱心に教育したのであった。

また彼は藩校の子弟と同じように、おそらく聡明であったであろう幼年時代の源太郎に毎日のように厳しく文武を仕込んだことは想像に難くない。

当時、久坂玄瑞などの名だたる思想家が家に来て朝まで議論した際にも常に源太郎を同席させていたらしい。

おそらくかなりの影響を受けたことは想像に難くない。

三　兄の暗殺

一八六四年　源太郎一二歳　深夜

またもや源太郎が自室で眠っていた時に夢の中でアマテラスが現れた。

「源太郎、父上の自害はまことに気の毒であった。しかも子どもながらによく耐えたことを称える。父上の死をもってお前に『男には命よりも大切なモノがあること』を伝えたかったのじゃ」

「そうだったんですね。しかし兄ができて今は父親がわりになってもらっています」

「今日も啓示を与えるから、今から言うことをよく聞くのじゃ。覚悟せよ」

「わかりました」

「今からお前はさらに大切な人を失うことになる。その後は児玉家そのものが揺らぐことになるが覚悟しろ」

「わかりました。これも私に与えられた試練なのですね」

「そうじゃ、ゆめゆめ疑うことなかれ」

※

「兄上、実はご相談があります」

「なんじゃ、あらたまって」

「昨日わたくしの夢の中にアマテラス神が現れてこのように申しました。もう一度今から大切な人間の死を体験させると言われました。実は父上の死の前にも同じようなお告げがありましたのでご報告いたします」

「そうか。それがわしのことじゃと言うのだな」

「はい、まず間違いないかと」

「健康そのもののわしが死ぬということは、まず考えられることはおそらく反対派による暗殺であろうな」

「そこまではわかりません、しかしご自愛くださいませ」

「いいか、もしわしが不幸にも暗殺されるようなことがあってもお前は一切動じることなかれ。そして私の亡骸をねんごろに弔ってほしい」

「わかりました、決して動じることのないよう誓います」

「よし、頼んだぞ」

※

源太郎にとって父親を亡くした五歳から一二歳までこの次郎彦というエリート家庭教師に学んだことが、その後の彼の考え方や行動方針に大きな影響を与えた。

しかし当時二三歳であった次郎彦は大阪に出張していたときに、京都で勃発した「禁門の変」の報を聞き、急ぎ徳山に帰国した。

この帰国が災いであった。

その時に不運なことに急進派の一味と間違われて、八月一二日の早朝に保守派の急襲を自宅の玄関前で受けて暗殺されてしまうのであった。

当時一二歳になった児玉源太郎は、自宅前で起こったこの義兄の惨殺の現場に居合わせており、彼自身が気丈にも暗殺現場の後片付けと次郎彦の遺体の処理を黙々と行ったそうである。

親代わりに大切に育ててもらった人物の暗殺をこの目で見たその胸中は、いかばかりだったであろうか。

この早朝の暗殺事件によって徳山藩から誤解を受けた児玉家は「お家取り潰し」となり家督が終わることになる。

その結果、姉の久子と源太郎たち一家は親類の家を転々とするなどして毎日の糊口を凌ぐみじめな貧窮生活を余儀なくされたのであった。

現代の中学生に当たる一番食欲が旺盛な時分にこのような貧窮を経験した源太郎は「食べものの尊さ」を身に染みて味わったであろうことは想像に難くない。

私論ではあるが源太郎が当時の明治人の平均身長より低くなってしまった理由は、成長期において栄養十分な食生活が与えられなかったからではないかと推測する。

しかしその後、長州藩内の意見が一八〇度急変し、あれほど執着していた公武合体論から攘夷論へと向かい、誤解によって暗殺された次郎彦の名誉を挽回することになった。

まことに皮肉なことである。

これにより児玉家は二五石の知行を与えられて、ここに児玉家の名誉は復活するのである。

ちなみに次郎彦を含む攘夷論を熱く唱えていた「徳山七士」は日露戦争の前の時期に「謀反人」の地位から逆転して従四位の位を贈られ現在の靖国神社に合祀されたのである。

このように源太郎の幼少期は、猫の目のように変わる当時の長州藩の考え方によって翻弄された時代であり、その代償として大切な父親と義兄をも失う結果となったのである。

このことが後の源太郎の処世観と政治への考え方に与えた影響は計り知れないものであった。

家督を継いだ源太郎は、一三歳から徳山藩の藩校であった興譲館に入学して四年間をここで勉学に励むのであった。

記録によると学業の成績は優秀で、特に漢詩が得意科目であったそうである。

❖コラム① 長州という藩 その一

児玉源太郎の話を書き進める前に、まずは彼の生まれ故郷であり人生でもっとも多感な一七歳まで暮らしていた、長州藩の話から始めなければならない。

厳密に言えば彼が生まれたのは長州藩の支藩であった徳山藩（現在の山口県周南市）であるが、当時の徳山藩主も同じ毛利家の出身であることと家風や精神、ものの考え方は同様のものであったので長州藩の一部で生まれたと考えていただいて差し支えない。

おそらく日本の近代史において、幕末の長州藩ほど日本国内はもとより欧米列強を含む海外の時流を素早く読み取るために情報収集に集中した藩は他にない。

そしてその危機の本質を捉え、若い人を育て機敏に行動を起こして時代を牽引するのに忙しかった藩はおよそ徳川二六〇年の歴史の中で他にはないであろう。

よく幕末の雄藩として「薩長土肥」（現代の鹿児島、山口、高知、佐賀）と四つの藩の名前を上げられるがその中でも長州藩のエリート人材教育と組織化された戦闘集団による実力行使は別格であった。

一九六八年に明治新政府が誕生する前のおよ

そ五年間の短期間に長州藩が関わった戦闘の数だけでも下記に示すようにかなりの数にのぼる。

一八六四年　七月八日　池田屋事変
……対　京都守護職　新撰組

一八六四年　七月一四日　禁門の変
……対　会津・薩摩連合軍

一八六四年　下関戦争
……対　イギリス・フランス・アメリカ・オランダ連合軍

一八六四年　第一次長州征伐
……対　徳川幕府

一八六七年　第二次長州征伐（四境戦争）
……対　徳川幕府

一八六八年　戊辰戦争
……対　徳川幕府・奥羽越列藩同盟

と幾度と無く自藩の主張に対して違う意見の相手をことごとく「長州藩の攘夷の対象」として堂々と戦ってきた歴史がある。

またあろうことか当時世界の一等国を寄せ集めたイギリス・フランス・アメリカ・オランダ連合軍と戦った下関戦争では西洋式の大砲の性能によって大敗を喫し、多額の賠償金の請求を受けるという苦い経験をしている。

しかも後に「攘夷は幕府の命令でやっただけのこと」としてその多額の賠償金を江戸幕府に肩代わりさせて支払わせたという豪傑ぶりである。

まさに単純に「勇猛果敢」の一言に尽きる藩である。

四　初陣

一八六八年　源太郎　一七歳　深夜

またもや源太郎が自室で眠っていたら夢の中でアマテラスの弟のスサノオが現れた。物語で見たとおりの顔じゅうひげだらけのスサノオが言った。

「おい、源太郎。わしがスサノオじゃ！　話には聞いておるな」

「はい、アマテラス様の弟でヤマタノオロチを退治した物語は本で読みました」

「では話が早い。おまえはこれから戦闘に参加することになる」

「戦いですか？」

「そうじゃ、お前は官軍に抵抗している旧幕府軍討伐に向かう。これから戦の事に関してはワシが指導する。よいな素直に信じて行動を起こすのじゃぞ」

「わかりました」

「近いうちにお前は、献功隊という官軍の指揮官として函館の戦いに行くことになる。戦い

の帰趨はすでについておるから官軍の勝利になる。おまえもこの戦で命を落とすことはない。この戦いの意義は乃木希典という終生のライバルに会うことである」

「乃木……希典ですね。よく覚えておきます」

※

源太郎の初陣は戊辰戦争の末期の函館戦争であった。

旧幕府軍は本州・東北の各拠点はすでに敗れ去り、最後に北海道を独立国家にしようと目論む榎本武揚総裁と新撰組の土方歳三率いる軍勢が残るのみであった。

源太郎は官軍としての立場で討伐隊を指揮して函館の五稜郭で戦った。

この戦い自体はすでに奥州、会津、庄内が落ち幕府軍は「負け戦」が濃厚な雰囲気に包まれており戦争そのものの帰趨はすでについていた。

そのため幕府軍は戦闘で大切な士気も低下しており、いかに勇将の土方歳三が鼓舞しようが「残敵掃討戦」のイメージは拭えない状況であった。

徳山藩の官軍部隊は一七歳から四〇歳までの藩士とその子弟で構成されていた。

「献功隊」と命名されたこの部隊は一六〇人ほどの編成で、源太郎はその中の小隊長を任されたのである。

彼は部隊を率いて五稜郭に通じる道中で両軍が衝突した「大川口の戦い」でみごとに初陣を飾ったとされているが、このときは抜きん出た武功はなく戦闘に勝つには勝ったがまだその武勇を世に知らしめるまでにはいかなかった。

要するにデビュー戦は「可も不可もなし」というスタートであった。

この「大川口の戦い」の後に函館五稜郭を新政府軍が包囲してわずか二日間の戦闘で土方隊長は戦死、榎本総帥は官軍の総大将黒田清隆（後の第二代目　総理大臣）の勧めで投降するのであったが、旧幕府軍約二〇〇〇人が守る近代要塞を攻める攻城戦を経験したことがのちの旅順要塞戦でも生かされるのであった。

五稜郭の戦いに勝利した後に東京に戻った「献功隊」は即時解散の後にすみやかに長州への帰還を命じられるのである。

しかしこのときに源太郎は「フランス式歩兵練習生」として交友が深かった寺内正毅と乃木希典を含む約一〇〇人の隊員とともに東京に残留することになる。

フランス式歩兵練習生とは後の陸軍士官学校の卵のようなものである。

その後大村益次郎の提案によって大阪・玉造に作られた「兵学寮」という養成所に移動す

ることになり、ここで初めて西洋式の軍事教育を正式に受けることになったのであった。

源太郎の軍事教育はこれがすべてで、あとは戦場にての実戦から学ぶことになる。

五　佐賀の乱

一八七四年　深夜　源太郎二三歳

スサノオ

またもや源太郎が自室で眠っていたら夢の中でスサノオが現れた。

「久しぶりだな源太郎よ」

「はい、五稜郭の戦い以来です」

「このたびは日本中で起こる不平武士の反乱を鎮圧する任務がくる。かつての武士階級を討つ。つらいことではあるが江戸幕府の清算と思え。おまえは副指揮官として佐賀を鎮圧に行くことになる」

「佐賀……江藤新平と戦うのですか？」

「そうだ。お前はこの戦いで左手を負傷して入院する。しかしこれは災いではなく、将来大切な人を紹介する石黒大尉と出会うためだ」

江藤新平

「石黒軍医？」

「そうだ、今はわからないであろうがこの名前を覚えておくがよい。それとこの戦いのあとお前は結婚することになる」

「私が結婚ですか？」

「しかし決して結婚生活にうつつをぬかすでないぞ。お前の任務はこの戦以降に重要になってくるからな」

「わかりました、肝に銘じます」

※

徳川の時代から明治に変わって、かつての特権階級であった武士に対して明治政府は徐々に締め付けを行っていった。

さらに明治六年に不平士族のガス抜きとして考えられた韓国出征を唱える西郷隆盛、江藤新平を中心とした「征韓論者」の意見が退けられ、日本各地で職を失い未来をも失った武士たちの中央政府に対しての反乱が勃発するようになった。

西郷隆盛

これが世に言う「不平士族の乱」である。

まさに日本中が一触即発の危機にあったのである。

特に明治九年に施行された「廃刀令」や「秩禄処分」などは決定的で、サムライの象徴である日本刀と長年にわたって保障されていた給与を取り上げられたことは、彼らのプライドと経済力を大きく傷つけたことであろう。

要するに「金と名誉」を取り上げられた全国のサムライたちによっての同時多発テロが計画されている時期であった。

このそれぞれの反乱に源太郎は兵ではなく尉官として参加している。

つまりこれらの戦いにおいて一番戦闘が過酷な最前線で指揮官としての実戦経験を積んでいくことになるのである。

明治維新十傑

幕末から明治時代にかけて新政府の設立におおいに貢献した以下の一〇人は「明治維新十傑」と呼ばれる。

維新の功労者たちである。

彼らは勲功からその後参議官（現在の国会議員）となり新体制の確立に努めるのであったがその中の三人が郷里に帰り、不平士族の乱の首謀者として悲惨な最期を遂げている。

下記に十傑の名前と出身地、関与した乱を記す。

一　西郷　隆盛　（薩摩藩）　西南の役　首謀者
二　大久保利通　（薩摩藩）
三　小松　帯刀　（薩摩藩）
四　大村　益次郎　（長州藩）
五　木戸　孝允　（長州藩）
六　前原　一誠　（長州藩）　萩の乱　首謀者
七　広沢　真臣　（長州藩）
八　江藤　新平　（肥前藩）　佐賀の乱　首謀者
九　横井　小楠　（肥後藩）
十　岩倉　具視　（公家）

また時系列で「明治六年の政変」以降に発生した不平士族の反乱を列挙する。

一　佐賀の乱……明治七年
二　神風連の乱……明治九年
三　秋月の乱……明治九年
四　萩の乱……明治九年
五　西南戦争……明治一〇年

佐賀の乱

明治七年二月二〇日に参議職を辞職して故郷に帰っていた江藤新平らの「憂国党」によって勃発した佐賀の乱では、源太郎は大尉の階級で司令官野津鎮雄の部下である渡邊参謀の副官として従軍した。

大阪鎮台で佐賀の乱鎮圧の命令を受けた源太郎は船で博多に到着して、現在で言う国道三号線を南下して「九州の十字路」といわれる鳥栖を経由、当時長崎街道と言われていた道を西に向かった。

現在の佐賀県立三養基《みやき》高校の近くを流れる寒津川・田手川の戦いにおいては、味方が次々と斃れていく中で源太郎は一歩も引かずに馬上で奮戦し、左大腕などに三発の銃弾を受け重い傷を負った。

しかしそのような孤軍奮闘の苦戦をしながら時間を稼いだ源太郎の部隊の奮戦により、その後の官軍の挟撃が成功するのである。

この戦いによって総崩れとなった憂国党の軍勢は一斉に退却して佐賀城まで撤退したのである。

この敗退で勝機を失ったと見た江藤は憂国党を解散し、鹿児島県へ逃れて下野中の西郷隆盛に助力を求めるため戦場を離脱した。

なお、江藤は戦闘中にもかかわらず憂国党には無断で佐賀を離れており、この敵前逃亡ともいえる態度に副島義高ら憂国党の面々は激怒している。

源太郎にとっての佐賀の乱は初めて指揮官として戦闘を経験したのであるが、目立った武功はなく、さらには負傷まで

後藤新平

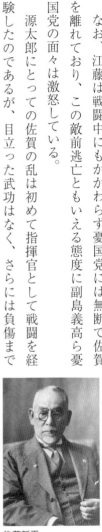

負ってしまった彼の中では及第点には遥かに及ばなかったであろう。

　しかしこの戦いの後の負傷を治癒するために入院した病院で、後に盟友となる後藤新平を紹介する石黒軍医と巡り合うのであった。

　極論すれば佐賀の戦いは源太郎と石黒軍医を引き合わせるためだけに用意された天の配剤であったのかもしれない。

六　神風連の乱

一八七六年　夜　源太郎二四歳

スサノオ

「源太郎、負傷した左手の具合はどうじゃ？」

「おかげさまでよくなりました。病院では石黒軍医とも会うことができましたが、まだおっしゃるような重要人物を紹介していただいておりません」

「まあ。そうあせることはない。時が来れば彼が紹介するであろう。気長に待つように」

「わかりました」

「ところでお前は軍の命令で、近々琉球視察に行く予定であるな」

「はい」

「琉球には決して行くな。まもなく今いる熊本においてお前の軍人としての将来が決まる大変なことが起こる」

「神風連ですか?」

「そうだ。その神風連が謀反を起こし、熊本鎮台指令の種田司令官を闇に葬る」

「そんなことがあの武器を持たない連中に可能なんでしょうか?」

「それができるのだ。夜陰に乗じて彼らは要人宅に奇襲をかけるのだ」

「幸いおまえは琉球に行ってると思われているからその目標からは外れている。熊本城に入り体制を立て直してから反撃するように」

「わかりました、そのようにいたします」

「相手は少数であるが決して抜かるではないぞ」

「はい、いつもご神託をありがとうございます」

「ところで話は変わるが、アマテラスからは聞いてはおらぬか? 神託を一回受けるごとに一年の寿命が縮まることを?」

「え、わたしの命がご神託を一回受けるたびに一年縮むのですか?」

「そうだ、そのくらい価値のあるお告げであるとともに日本国の行く末を考えてのことである。しかもおまえは多くの国民の中から選ばれた男である」

「日本国の行く末でありますか? 軍人としてぜひお聞きしたい。それはいったいどんな話

であります か？」

「ロシアよ」

「ロシア……」

「今は考えなくともよい。今はロシアのことより目の前に起こる不平武士の鎮圧に専念するように」

「わかりました。必ずや教えに従います」

※

正直、佐賀の乱ではあまり芳しい働きを見せずに、あまつさえ一時は命にかかわるような負傷を負ってしまった源太郎ではあるが次に熊本で起こった「神風連の乱」こそが名実ともに彼を陸軍世界の中で一躍スターとして華々しくデビューを飾る出来事となった。

そもそも神風連とはどういう組織であろうか？

他の不平士族の反乱はその土地の名前を冠しているのに神風連の乱だけは首謀者の組織名を使っているのはなぜであろうか？

他の反乱と同じ表現方法を使えば、場所的に言えば「熊本の乱」となるが後の西南戦争（この戦いも主戦場が熊本が舞台であった）と区別する理由がひとつ考えられる。

もうひとつの理由は、首謀者が旧肥後藩士によってつくられた「敬神党」という神道と天皇を崇拝する集団で、構成員の多くは武士の職を辞めた後に神職についているものが多かったので単純に「不平武士の反乱」と画されるようになったといえる。

この敬神党が神道への信仰心が強いあまりに熊本市民からは「神風連」と呼ばれていたのである。

彼らの特徴は極端に近代兵器を含む西洋文化を拒み、日本刀での切り込みのみの戦闘方法を用いていた。

よって本来であれば近代兵器で武装された政府軍の敵ではなかったのであるが、夜半の奇襲戦法で寝込みを仕掛けてきたのであった。

余談ではあるが戦後の三島由紀夫はこの神風連のストイックさに強い関心を持ち、彼の最後の作品「豊饒の海」の題材にしたとされている。

一八七六年（明治九年）一〇月二四日深夜、神風連が各隊に分かれて、熊本鎮台司令官種田政明宅と、熊本県令安岡良亮宅を日本刀を提げて襲撃し、種田・安岡ほか県庁役人四人を殺害した。

その後、各隊が集結して全員で政府軍が立てこもる熊本鎮台（熊本城）を襲撃し、城内にいた兵士らを次々と殺害し、砲兵営を制圧した。

しかし翌朝になると、政府軍側では琉球出張中と思われて難を逃れた源太郎が反撃に出るのであった。

源太郎は従僕一人を従えて、種田司令官の家に駆けつけると、すでに種田は殺害されていた。

かろうじて難を逃れ、生き延びた河島書記ら二、三人があまりの急な出来事のために狼狽して「熊本鎮台に引き返し、城を枕に討ち死にしよう」と主張していた。

ところが沈着冷静な源太郎はこれを制止し、「そんなに騒いでも何にもならないから、まずは前後の策を講じるのが第一だ」と言った。

さらに河島に「兵は今夜鎮台を襲った賊を討伐すべし。なお司令官種田少将は健在なり。この命令を受領した隊は直ちに護衛兵を送るべし」との命令書を持たせて鎮台に向かわせたのである。

つまり源太郎は、まずは敵の奇襲により動揺していた現場のパニックを抑えることを重点に置いて司令官の種田がさもまだ生きているようにあえてウソを書いたのであった。

その報を受けた小川又次（当時第三大隊長）の部隊が到着すると、源太郎はその部隊を率いて熊本城に入城し、その指揮下で態勢を立て直し、近代兵器を使って本格的な反撃を開始すると日本刀しか持たない神風連は短時間で膠着状態に陥ったのである。

その結果、神風連側の参謀格であった加屋・斎藤らは銃撃を受け死亡し、首謀者の太田黒も銃撃を受けて重傷を負い、付近の民家に避難したのち自刃した。

指導者を失ったことで、他の者も退却し、多くが自刃した。

源太郎は現場に反乱鎮圧の指示をすると同時に東京の大山巌にも電信で緊急事態の発生と援軍の要請を打電していたが、大山が熊本に到着する前には戦闘の帰趨はほぼついており鎮圧も時間の問題であったと言われている。

この戦闘により神風連側の死者・自刃者は、計一二四人。

残りの約五〇人は捕縛され、一部は斬首された。

一方、政府軍側の死者は約六〇名、負傷者約二〇〇人にものぼった。

しかし総勢一七〇人弱のメンバーだけで、しかも日本刀のみで近代陸軍に対してよく戦いを挑んだものである。

ここで特筆されることはまず源太郎の「運のよさ」であろう。

「運も実力のうち」とよく言われるが、稀代の名将と称される人達はその頭脳・技量もさることながら他のものをよせつけない「強運」を味方につけていた。

熊本鎮台の実質ナンバー二であった源太郎は、数日前に琉球の偵察を命じられていたのであるが実際には行っていなかったのである。

このことから幸運にも襲撃側のリストから漏れる結果となり命を救われたばかりか、千載一遇の「巻き返しのチャンス」を手にしたのであった。

夜間とはいえ敵の戦力と武装の貧弱さを瞬時に見抜き、冷静に判断してトップを失った指揮系統を元に戻して反撃に転じた源太郎の行動力は誰もが賛辞を惜しまなかった。

当時弱冠二四歳の源太郎に対して信頼がいかに厚かったかがわかるエピソードがある。

当時東京にいた山県有朋は反乱の報告を受けて一時驚いたが、「なーに、心配はいらぬ。あの児玉が生きているから大丈夫だ」と言い、落ち着いていていたという。

要するにそれほど信頼されていたわけである。

ただ勝利で終わったこの戦闘で、与倉知実が寝込みを襲われた際に着の身着のまま自宅を脱出しなければならなかった

山県有朋

ために、部屋においていた連隊旗を神風連に奪われてしまうというキズが残ってしまった。将兵にとって連隊旗は隊を象徴する神聖なものである。

このあとの西南戦争でも乃木希典が戦闘中に連隊旗を奪われる事件が発生したが、熊本という土地と連隊旗紛失に何か因縁を感じずにはいられない。

七　西南戦争

一八七七年　深夜　源太郎二五歳

スサノオ

「神風連ではうまくいったようじゃな」

「はい、なんとか難を逃れ、逆襲ができました」

「大本営内ではお前の株が上がったな。計算通りじゃ」

「おかげさまで」

「しかし今回はかなり苦戦を味わってくれ」

「と、申されるのは西郷大将率いる軍のことでありますか」

「そうじゃや、自分たちのために下野した西郷を慕って集まったこの軍はことのほか強い」

「私たちの軍内にも西郷さんを慕っている者が多いので、正直やりにくいです」

「いいか、西郷の軍とは平原で戦わず熊本城にて籠城をするように。この籠城の経験は後に

生きてくるからな」

「手強い西郷大将に勝てますでしょうか？」

「最初は押し込まれるが熊本城内と乃木の軍との挟撃戦となり、最後は勝つ」

「わかりました、仰せの通りにいたします」

※

神風連の乱での「乱戦の中での沈着冷静ぶり」や「正確な敵情の把握」、「その情報に基づく勇気ある行動」によって一躍陸軍内で有名になった源太郎であるが、その名声を一層強固にしたのが鹿児島で挙兵をして熊本を中心とした地域で戦闘が起こった西南の役である。

どうも源太郎は熊本という町と相性がいいらしい。

明治一〇年に起こった最大にして最後の不平武士の反乱である西南戦争はその従軍した兵士の数においても、また兵たちの錬度においても他の乱とは一線を画している。

明治政府の立役者である西郷隆盛は「明治六年の政変」後、鹿児島に戻り「私学校」という教育機関を県内に創設していた。

ここでは西南戦争の話の前に、この「私学校」について少し語りたい。

私学校

なぜ西郷が創立した「私学校」がそれほど大事かと言うと、西南戦争の勃発の直接要因であるからである。

「私学校」と言う名前から受けるイメージは「田舎の小さなおとなしそうな私塾」をイメージしがちであるが、その内容と規模は現代の我々が想像する以上の大きさであった。

「私学校」の本校は鹿児島城下の城山町の近くにあり、さらに鹿児島県全域に一三〇ほどの分校があり最盛期には一万人以上の生徒が在籍していた。

先ほどの神風連と比較しても、人数的にも相当な規模である。

もともとは不平武士の反乱暴発のために西郷が創立したのであるが、「私学校」の建学精神は「天皇の崇拝」と、いざ有事のときに備えた軍事教練と殖産の精神による農地開墾であった。

そしてそれぞれの分校では官軍の陸軍学校のように兵士の教育と銃や大砲などの近代兵器の扱い方を伝授していた。

しかしこの組織は明治新政府から見たらまさに政府転覆のための危険な「テロリスト育成学校」に見えたことであろう。

そして全ての生徒が当時陸軍大将の地位にあった西郷隆盛をまさに神様のように崇めて、またその建学の精神に賛同した血気盛んな若者たちであった。

現代のイスラム教と同じで強烈なカリスマがいて命を惜しまない集団ほど強いものはない。

一八七七年（明治一〇年）二月五日、西郷隆盛は鹿児島市内の私学校における幹部会議で新政府に対しての挙兵を決断する。

この情報はいち早く政府側にも伝わったらしく、翌六日には陸軍卿山県有朋より「鹿児島にて暴動の形跡があり、警備を怠らぬように」との内示があった。

この報を受けた源太郎は前年の神風連の乱で損傷した熊本城内各所の防御工事を指揮すると共に、薬瓶に火薬を詰めた手製の手投げ弾を考案するなどして周到な準備をして西郷軍を待ちうけた。

熊本鎮台司令長官、谷干城は小倉の歩兵第一四連隊（乃木希典）を熊本に呼び作戦会議に参加させた。

会議では鎮台全兵力をもって熊本城に籠城する事に決したのである。

乃木希典

主に籠城側の源太郎と小倉から挟撃する形で参戦した乃木希典歩兵第一四連隊とが戦った西南戦争であるが、最初は西郷の名前の勢いを借りた薩摩側が優勢であったが、近代兵器のスナイドル銃で武装した政府軍に対しては各地で撤退を余儀なくされる戦闘が続くようになった。

西南戦争の天王山と言われたのが「田原坂の戦い」であった。

熊本市街に続く田原坂はいわゆる戦術用語で言う「隘路《あいろ》」で、多くの軍勢が一斉に展開できない戦国時代の桶狭間のような場所であった。

このような狭い場所では射程の長いスナイドル銃よりも「抜刀の切り込み戦術」が功を奏するので、徴兵制度で集められた一般人で編成された官軍はサムライの切り込みを恐れて撤退するしかなかったのである。

ここで新たに編成されたのが旧武士によって組織されていた「東京警察隊」であった。

要するに「サムライ」には「サムライ」を当てたわけである。

この東京警察隊の構成は、主に「賊軍」のレッテルを貼られた会津藩士が多かった。

この部隊は、薩摩に対して会津城陥落の恨みを晴らす格好の舞台となり、まさに「親の敵討ち」に鬼神のごとく抜刀で立ち向かったのである。

この戦いで薩摩軍の敗北後は各地での戦闘は徐々に収束していき、最後には鹿児島市内の本拠地である城山にての「本土決戦」を残すのみとなってしまった。

西郷は自分を慕って付いてきた部下たちと最期の夜、城山山頂の砦で酒を酌み交わした後に自決したといわれている。

いずれにせよ双方に多くの犠牲者を出した西南戦争も西郷隆盛の自決によって幕を閉じたことになる。

西郷は自分が育てた「私学校」の若い生徒たちの燃え上がるようなエネルギーの中に身分を捨ててでも敢えて「火中の栗」を拾いに行き、死に場所を得た心境であったことであろう。

ここに明治の功労者西郷隆盛の死によって、江戸時代から明治時代にかけて抱えてきた大きな「矛盾」を全て解決した形になった。

しかしそのためにしては西郷の死はあまりにも大きな代償ではあった。

勝利した官軍側の源太郎は、天性の「本質を見抜く能力」で今日の満塁ホームランバッターが「明日の戦力外通達」をいとも簡単に受ける現実を理解していたので、「西郷の死」を聞いた時は大義のために死んだ父や兄の時とさほど変わらない感情であったことであろう。

八　連隊長　拝命

一八八〇年　深夜　源太郎三〇歳

スサノオ

「ようやく中佐にまでになったな」

「おかげさまで。熊本の西郷軍を破ることができたからです」

「お前は次に東京歩兵第二連隊を任されることになる」

「連隊長ですか？」

「そうだ、お前に与える課題は連隊を率いて作戦を立てられるようになってもらう」

「これも来たるべきロシア戦のためでありますか」

「そうだ、しかも演習相手には旧知の乃木を東京歩兵第一連隊長として用意した」

「また乃木に世話になるのか」

「よいな、演習では乃木連隊の癖を読んで裏をかくように。絶えず相手の戦型を読み裏をか

くことは後の戦いに生きてくる」

「わかりました」

※

乃木希典

よく映画などで日露戦争の二〇三高地の場面で登場する「乃木と児玉」であるが、実は同じ長州藩生まれと言われるが実際には少し違う。

乃木は長府藩、児玉は徳山藩で同じ毛利家の支藩に生まれた関係になるが、乃木の父親は江戸屋敷詰めであったので厳密には乃木の出生地は東京の六本木であり、ここで一〇歳まで生活をした。

つまり乃木は児玉と違い、幼少期を長州で過ごした思い出はない。

歴史上で語られるのは多くの局面で、「乃木の失策を児玉がフォローする」という二人の関係性であるが、実際のところはどうであったのか。

乃木は一八四九年一二月、長州藩士の三男として生まれた。

児玉よりも三歳年上になるのであるがこの二人の経緯は非常に興味がある。

前述したように五稜郭の戦いの後、大阪にできた兵学寮で「フランス歩兵練習生徒」として乃木と児玉は同時期に任官しているが、その後も二人の人生は互いに数奇な運命をたどることになる。

五稜郭の戦いにおいての武功は互いに多くは語られていないが、「フランス式兵科学校」に選抜されたと言うことは少なくとも「その他諸々」とは区別されるだけの実績と技量が評価されたことだけは間違いない。

その後明治一〇年の西南戦争において、二人は熊本城で篭城する児玉を小倉から応援に駆けつける乃木という図式で共に戦うことになる。

小倉を発った手勢二〇〇人を引き連れた乃木の歩兵第一四連隊は、現在の熊本県植木町で四〇〇人の西郷軍と遭遇し戦闘を開始する。

およそ倍の人数を相手に乃木は三時間ほど良く戦ったが、不慣れな地理とこの相手部隊を主力と勘違いした乃木は熊本入城を断念して撤退することに決めた。

この撤退戦の中で連隊旗を持っていた河原林雄太少尉が撃たれ、隊のシンボルである連隊旗を西郷軍に奪取されてしまった。

その後、西郷軍はこの連隊旗をこれ見よがしに高々と掲げて見せびらかし、責任感のある乃木の心と将兵の気持ちを弄んだとされている。

その後二月二六日に有名な田原坂を守っていた乃木は、この地の重要性を大本営に説いて死守することを意見するが、大本営の命令によりその地を捨てて撤退させられることになる。どうも乃木イコール「撤退」のイメージが付きはじめるのがこのころからのようであるが、実際には乃木は撤退には反対していた。

乃木が守っていた田原坂を再び政府軍が占領するのが約一ヵ月後の三月二〇日、三〇〇〇名の犠牲者を出し、三〇万発の銃弾を一日で消費しての勝利であった。

その後西郷軍は攻撃に転じて、西南戦争最大の野戦と言われる「高瀬の戦い」で乃木は主力の桐野利秋率いる六〇〇〇人と交戦して、これを死闘の末撃破して政府軍の勝利の一助を担うことになった。

こう見るとまんざら「撤退」ばかりではない。

四月一八日、乃木は西郷軍の包囲から解放された熊本城に入城している。

おそらくここで源太郎と会ってお互いの健闘を称えあい、苦戦の後の勝利を祝したことであろう。

このときに乃木は「植木の戦い」での連隊旗紛失を受けて官軍の総指揮官であった山県有

朋に対し「待罪書」を送り、自ら厳しい処分を求めた。

このあたり、まことに自分に厳しい乃木らしい。

しかし山県は「戦闘中の不可抗力」とし不問に付したが、乃木は責任感から何度も自殺を図ったところ源太郎によって軍刀を奪われて阻止されたという。

そのあと乃木は源太郎に「わかった、自殺はやめる。しかしワシはこのためにいつか必ず責任を取って死ぬから、その時は許してくれ」と言った。

源太郎は「わかった、しかし独りで死ぬのは決して許さん。その時は必ず自分に知らせろ」と約束をさせ、念のために現場に居合わせた多くの将兵に証人を頼んだという。

しかし結果としては日露戦争後、源太郎のほうが乃木より早く急死してしまうのでこの約束は履行されなかった。

源太郎より長く生きた乃木はこの言葉どおり明治天皇が崩御した際にこの責任を含めて妻静子夫人と自刃している。

おそるべき江戸時代生まれの武士の執念である。

責任感の強い乃木の性格をさらに表した逸話が残っている。

西南戦争で乃木は緒戦で左足を負傷して久留米の陸軍病院に入院することになるが、何度も病院を脱走しては原隊に帰って指揮をしようとするので、将兵からは「脱走将校」との異名を取ることになった。

とにかく乃木希典という男はそういう男だった。

東京歩兵第二連隊

激しかった西南戦争から三年後には、二人はまた「ご近所さん」の関係になるのである。

乃木希典は東京歩兵連隊の第一連隊（駐屯地・習志野）の歩兵大佐、児玉は第二連隊（駐屯地・佐倉）歩兵中佐で、赴任することになる。

隣同士の連隊に同時期に赴任するとはまさに奇遇であった。

時代は日清戦争を前にした平和な五年間であったが、二人は「連隊長」という肩書きで合同演習として幾度となく相まみえるのであった。

しかし、その演習結果はいつも源太郎の「勝ち」という表現では足らないくらいに「一方的な児玉連隊の圧勝」であったようである。

この時期、源太郎の圧勝を物語るエピソードが残っている。

千葉県佐倉市にある野外演習場にて、二人が率いる両連隊の対抗模擬演習が始まった。

源太郎は演習が始まると乃木大佐の第一連隊の動き方から見て、乃木の得意な両翼攻撃の意図があると瞬時に判断したのである。

そこで源太郎は自分の配下の第二連隊を軽快に素早く展開し、隊形を両翼攻撃の中央を衝く縦隊に変え、今まさに両腕を広げたように包囲しようと展開を完了した乃木の部隊を分断した。

わかりやすく例えるなら、薄く伸ばした餃子の皮の中央を鋭い串で刺すような攻撃方法である。

そして目論見通り第一連隊の中央に突進ののち分断し、その後逆包囲してこの模擬戦を瞬時に勝ち取ったのだ。

当時の陸軍の兵法は相手を「いかに包囲するか」に勝利の力点が置かれていた。

事実、後日の奉天会戦も日本とロシア、どちらが包囲するかの戦いであった。

瞬時に勝ちを収めた模擬戦闘を終えて馬を進めつつ、馬上で首筋の蚊をたたきながら源太郎は傍らの部下に、「しかし乃木はいくさが下手だ」と大笑いしたという。

幾たびか同じような模擬演習を両連隊は行ったようであるが、確かに乃木の戦績は圧倒的に勝利が少なかったという。

両軍の相性が悪かったのか、本当に乃木が弱かったのかは定かではない。

しかし確実に言えることは源太郎が「もし実戦で乃木が困ったらワシが支えてやらないといかんな」と思ったことは確かであろう。

このことにより源太郎率いる第二連隊の士気は大いに鼓舞されたというから、まさに源太郎にとって乃木の第一連隊は格好の「噛ませ犬」状態であった。

第一連隊の兵にとってはさぞかし歯がゆい想いだったことであろう。

その結果、当時軍人の間では、二人の対抗演習の結果が話題になり巷には「気転利かしたあの野狐を、六分の小玉にしてやられ」

という流行歌までできたほどである。

この歌の意味は、「気転《きてん》は「希典」で乃木の名前の音読み、野狐《のぎつね》は「乃木」のことで、六分は「一寸に満たない」つまり「身長の小さな」で小玉は「児玉」のことだった。

この歌が流行ることにより一層源太郎の戦術の強さと、乃木の同じ作戦ばかり行う愚直さが世間に広まるようになっていったのである。

さぞや乃木と第一連隊にとっては大迷惑な歌であったことであろう。

余談ではあるがこのころから源太郎は連隊の部下から木鼠《リス》というあだ名が付けられてい

る。

　おそらくは小さい体でくるくる働きまわる俊敏な様子から付けられたのであろう。

※

　しかし時流は二人を平和の中に置くことを許さなかった。

　日清間で開戦のムードが高まっていき戦の下手な乃木は仙台師団の師団長になり、一方常勝の源太郎は、皮肉にも戦争の後方支援を行う「内務省衛生局」に配属された。

乃木出征

　日清戦争では乃木は明治二七年（一八九四年）八月一日大山巌が率いる第二軍の下で出征し、一〇年後に苦戦を強いられることになった旅順要塞をわずか一日の戦闘で陥落させるという快挙を行い、軍内での評価は今までの「負け将軍」の汚名を返上するに余りある働きを見せた。

　しかし後日、「旅順を一日で簡単に陥落させたこと」が大いに日本に災いするのであるが、当然まだこのことを乃木は知らない。

一方源太郎は戦雲の中には身をおかず大本営が移転されて急遽日本の首都になった広島湾内にある似島《にのしま》で、大陸から凱旋する二三万人の将兵の疫病対策を後藤新平と行うという「地味」な裏方作業に徹したのである。

おそらく二三万人の中に乃木とその部隊も当然含まれているので、日清戦争時の二人の関係は「検疫をする側」と「検疫を受ける側」という関係にとどまることになる。

児玉源太郎略歴（大佐まで）

年	月	日	年齢	出来事	階級	勲位
1852	4	14	0	徳山藩にて生誕		
1856			5	父　半九郎死去		
1864			13	義兄　次郎彦　暗殺		
	7	13		徳山藩中小姓となる　知行25石		
				徳山藩校　興譲館入学		
1868	9	22	16	函館戦争に献功隊として初陣	半隊士令	
1869	8	1	17	兵部省に任官		
1870	6	2	18		第六等下士官	
	12	10			陸軍権曹長	
1871	4	15	19	歩兵第3連隊第2大隊副官	准少尉	
	8	6			少尉	
	9	21			中尉	
1872	7	25	20		大尉	
1873	3	17	21	大阪鎮台歩兵第1大隊近衛へ移動		
1874	3		22	佐賀の乱にて負傷		正七位
	8	28		熊本鎮台　准官参謀		
	10	19			少佐	
1875			23			
1876			24	神風連の乱		
1877	2		25	西南戦争　熊本城篭城戦		
1878	8	23	26	竹橋事件	近衛局　参謀	勲四等
1879			27			
1880	4	30	28	東京鎮台歩兵第2連隊長（佐倉）	中佐	正六位
1881			29			
1882			30			
1883	2	6	31		大佐	正五位
1884			31			
1885	5	26	32	参謀本部　管東局長	大佐	勲三等旭日中綬章

九　日清戦争

アマテラス
「どうじゃ、源太郎。いよいよ清国との戦じゃの？」

「これはアマテラス様。はい私もいよいよ戦となって腕が鳴っております」

「今回の引き金は京城に駐屯する日本と清国の軍隊の衝突からじや」

「私はどの方面で戦うことになりましょうか？」

「いや今回、残念ながらお前は人間と戦うことにはならない。お前は軍人としてもう戦いから学ぶものはない」

「人間以外との戦……でありますか？」

「そうじや、今回は病原菌と戦ってもらう。そもそも、もし人間との戦ならここにはスサノオが来るはずじゃ」

「病原菌……でありますか？」

「戦争で大事なことは戦いに勝つことだけではない。兵士たちをいかに無事に戦場から引き揚げさせられるかだ。大陸から伝播する病原菌すべてを上陸地の広島にて断つように」

「しかし私は病原菌の専門家ではありません」

「後藤新平という者を石黒軍医が紹介する手筈じゃ。必ず起用するようにな」

「後藤……新平ですね。わかりました」

※

このころ「陸の長州、海の薩摩」という言葉があった。文字通り陸軍は山県有朋を頂点として多くの長州人が上層部を占めており、海軍は西郷隆盛の実弟西郷従道が海軍大臣となり山本権兵衛が権力を振るう完全な薩摩閥であった。

一八九四年、日清戦争時には源太郎は前線で「刀を振る役回り」から遠ざかり、主に後方の支援を担当したのである。

つまり攻撃業務から守備業務を任されたわけである。

おそらく彼の能力としては日清戦争の前線に出ても大きな武功を上げられたであろうが神は、今回は源太郎を戦闘の場面には出さずにあえて「後方支援」というプログラムを課した。

「戦闘」「戦術」という二項目は、不平士族の乱で及第点以上の優秀な成績であったがための天の配剤であろう。

現在の韓国が舞台となった日清戦争の戦闘そのものは、同郷である山県有朋が第二軍司令官となり遼東半島に上陸して部下の乃木希典が俄か作りの旅順要塞を一日で陥落させている。

源太郎の日清戦争時の功績は「戦闘行為」というよりむしろ地味な「防疫業務」に特化された。

つまり戦地から帰国した兵士たちが、外地から日本国内に持って帰る伝染病をチェックする仕事である。

かつて豊臣時代の朝鮮征伐の折に韓国に渡った武将たちが、多くの病気にかかって帰ってきた歴史がある。

その中でも特に加藤清正の梅毒は有名である。

戦争というものは相手の国に行き、目に見える敵と戦闘をするだけでなく、その地にある目に見えない病原菌との戦いであることを源太郎は知っていた。

この場合の病原菌とは、ずばり当時遼東半島に蔓延していたコレラ菌である。

特に日本は島国であるから、大陸の未知の病原菌を国内に持ち込むことがいかに国民の弊害になるということを知っていたのであるが、いかんせん彼はその専門家ではなかった。そこで後藤新平という東北出身の病理学者を招聘してこの「防疫」の任務に当たらせたのである。

※

日清戦争に勝利した二三万人の日本軍は意気揚々と、広島の宇品港に凱旋した。すべての将兵は早く郷里の地を踏みたくて、広島市が見える輸送船上で地団駄を踏んで待っている状態であった。

しかし源太郎は広島市内への上陸を簡単には許さなかった。困難な戦争に勝利して早く目の前の故郷の地を踏みたくてうずうずしている将兵に対して、宇品港の隣にある似島の検疫所でコレラ菌の検査を一人一人強要したのである。

これは比喩ではなく本当に一人ひとりである。

このときに源太郎よりも階級が上の将校がこの行為に憤り、

「児玉！　貴様よりも階級の上のこのわしまで下らないことで足止めをするのか！」

と軍刀を抜いて恫喝する場面もあったという。

なにしろ一度に二三万人の検疫であるからかなりの日数を要する作業である。待たされて憤る将校がいても不思議ではない。

しかし一人でも検疫を逃すことになれば、せっかくの二三万人を検疫する行為そのものが無に帰することになる。

そこで源太郎が考えた結果、皇室出身の宮様将校にまず検疫をさせた。けだしグッドアイデアである。

「皇室出身の宮様将校ですら順番を待って検疫を行っているのだ。黙って順番を待て」と言って激怒する将校を黙らせたというエピソードが残っている。

このようにその場の困難を回避するために使えるものは皇室でも使ってしまうあたりの思慮深さが源太郎の真骨頂である。

一〇　後藤新平

源太郎は佐賀の乱で入院した時以降、懇意にしていた石黒軍医長の紹介で後藤を知ることになるのであるが、後藤新平とはいったいどのような人物であったのであろうか。

一八五七年、仙台藩水沢城の下で生まれた後藤新平は源太郎の五歳下に当たる。

一三歳で書生として県庁に勤務後一五歳で上京。

ちなみに後藤は高野長英の姻戚に当たる。

一六歳で政治家を目指して福島洋学校に入学したが、翌年一七歳で須賀川医学校に入学。

卒業後は福島県令（現在の県知事）を勧めていた安場氏が愛知県令を勧めることになり、その勧めで愛知県立医学校で医者となる。

その後二四歳にして愛知県立医学校の学長と病院長を兼務するほどの優秀な成績であった。

彼の有名な業績のひとつとして「医療による海水浴の推奨」がある。

岡山で医療目的の海水浴施設「沙美海岸」に次ぎ、兵庫県「須磨海岸」、神奈川県「富岡海岸」など日本中に海水浴場を開設した実績がある。

一八二二年（明治一五年）に愛知県医学校での実績を評価され、源太郎の友人であった石黒軍医長の推薦で内務省衛生局に入り病院・医療行政に携わることになる。

その後、後藤はドイツに留学して西洋医学を学ぶものの、あまりにも大きい日本との格差にコンプレックスを抱くことになったが、留学中の研究の成果が認められて医学博士の称号を与えられた。

しかし彼の人生はいきなり暗転し、一八九三年（明治二六年）に福島県の名門の「相馬家のお家騒動」に巻き込まれて五ヶ月間刑務所に入ることになった。

つまりエリートから前科モノになったわけである。

ことの真相はこうである。

元相馬藩の家臣錦織氏が「旧藩主相馬誠胤を精神病者にしたて財産をのっとろうとしている者があるのでなんとかこらしめたい。そのために費用もかかるので、どうか借金の保証人になって下さい」と新平のもとへ訪ねてきた。

曲がったことの嫌いな上に、人に頼まれるといやと言えない性格の新平は、それを承諾したため、逆に誣告罪《ぶこくざい》で訴えられ、刑務所へ入れられる事になった。

そして裁判の結果、後藤は無罪となったのであるが栄光の衛生局長の座も同時に失った。

そのような失意の中で先述したとおり石黒軍医が源太郎を紹介したのである。

この紹介こそが源太郎のその後の人生を大いに変えた。

刑務所に入っていた後藤新平に対して源太郎は、最初は半信半疑であったが直に会って話をしてみると、その本質を突いた言動と不屈の精神におおいに心を打たれたと言う。

短時間ではあったが意気通ずるものがあったのであろう。

そして日清戦争の検疫業務すべてを後藤に託したのであった。

その信念のとおり後藤新平は、この検疫業務を現場で毎日行うのであるが、朝七時から夜中の一一時まで診療室で椅子に座らずにずっと立ったまま診察をしたという話は有名である。

彼のこの業績は当時医学業界で一流であったドイツ人の医者たちから「アジアの国であれほどまでに完璧な検疫業務ができるとは思わなかった。我がドイツ以上の水準であることはまちがいない」と言わしめたほどであった。

ドイツへのコンプレックスがあった後藤もこの言葉でさぞかし溜飲《りゅういん》が下がったことであろ

う。

このように当時の世界レベル以上の水準で検疫という「目に見えない敵」に対する戦闘業務を実施できたのも源太郎の慧眼と後藤という傑物の存在の賜物であった。

まさに源太郎は日清戦争という国家的行事によって統治する側のすべき医学を学んだのであった。

このことは後の台湾総督時代に活かされることになるのであるが、源太郎はそのことに気づいていないのである。

どうも後付けのようであるが、「神」というものがもし存在するのなら源太郎にあるプログラムを課して彼がその設問に対して着実に解答できるかどうかを試しているような気がしてならない。

一一　台湾総督

アマテラス
「日清の戦はうまくいったようじゃな」

「これはアマテラス様、おかげさまで大陸からの病原菌を広島にて遮断することができました」

「それはよかったな。日本国民も救われたわけじゃな」

「後藤の不眠不休のおかげで医学先進国、ドイツ人からも賛辞をいただきました」

「なによりじゃ。戦後処理のほうもうまくいったようだな」

「はい、講和条件として清国から台湾と澎湖島を割譲させました」

「実はそのことじゃ、今日来たのは」

「台湾のことですか」

「そうじゃ。よいか、武力による統治では決して台湾の人心を掴む事はできない。専門家を雇用して台湾の農業、医療、インフラに力を入れるように」

「なるほど、モチは餅屋ですな。しかし人材はいかがでしょうか」

「農業はアメリカにいる新渡戸稲造にさせるように。医療は引き続き後藤新平でよい」

「わかりました。新渡戸稲造ですね。台湾統治に力を注ぎます」

※

ここに現在の台湾で、二〇歳以上の成人男女を対象としたアンケートの調査結果がある。

一　旅行に行きたい国は
二　移住したい国は
三　尊敬する国は

驚くことに上記の質問の回答はすべて一番が日本であった。

この調査結果で多くの台湾人が日本と日本人を尊敬し、いつかは行って住みたい国と思っていることがよくわかる。

同じ質問を同時期に統治を行っていた韓国の国民に聞いてみたら、その極端な温度差を容易に想像できる。

また二〇一一年の東日本大震災の折には台湾から義捐金が二〇〇億円以上も集まり、すぐに日本に寄付されたことは記憶に新しいことと思う。

日本は同時期に韓国と台湾を当時の国家予算の三分の一を割いて統治したが、現在の両国の日本に対する評価が一八〇度違った結果になっているのが非常に興味深い。

おそらく統治された側の理論からすると韓国の反応のほうが理にかなっていると思うのであるが台湾の対日感情がそれほどいいという異常さを作った原因が「源太郎の統治方法」によるものである。

これはまさに偉業といっていい。

日清戦争の勝利によって清国から賠償金と台湾の領土を得た日本は、統治するために台湾総督府を現在の台北市においた。

無事優秀な成績で日清戦争の防疫業務を果たした源太郎に対しての神が次に用意したプログラムは軍人としてではなく「行政官としての鍛錬」であった。

源太郎の軍人以外で成した最大の功績は、やはり台湾総督時代の見事な台湾行政であろう。

よく日本人が「同じ日本人」に評価されずに海外の外国人に評価されるケースが時折存在するが、源太郎の場合がまさにそれにあたる。

源太郎の名前を知る日本人はおそらく多くはいないが、台湾の人たちは世代を超えてその恩義を今でも忘れずにいるのである。

どうかこのことだけは覚えておいて欲しい。

歴代台湾総督
源太郎までの歴代台湾総督は
初　代……樺山資紀（在職　一年一ヶ月）
二代目……桂太郎（在職　四ヶ月）
三代目……乃木希典（在職　一年四ヶ月）
四代目……児玉源太郎（在職　八年二ヶ月）
である。
源太郎だけがほかに比べて異常に長い、八年間の台湾総督を続けているのがわかる。

このように八年という長い歳月を統治できたのは、いかに源太郎が台湾の人々の「心を掴んだ」かの現れでもある。

植民地の統治というのはどこの国でも同じであるが、初期の段階では原住民とのいざこざや小規模の戦闘が想定されるために、いざという時に武力制圧できる軍隊の将官を総督に据えるのが通例である。

明治三一年、当時内務大臣であった児玉源太郎は四代目台湾総督を任命された。

しかし四代目の児玉源太郎は台湾の統治を軍人の自分が出て行くのではなく、非軍人である後藤新平に民生局長の座を渡して彼にすべてを託したのであった。

民生局長を任せられた後藤が一番気にかけたのが、当時流行していた台湾人のアヘンの利用者数であった。

今までの統治者が行ったアヘンの撲滅方法は単純に武力を使っての制裁であった。

後藤はアヘンの使用を武力で強制的に抑えるのではなく、関税率を徐々に上げていくことで使用者の数を減らすことに成功したのである。

そのおかげで赴任前に一七万人以上いたアヘン中毒患者が、一九四五年には〇になっていたという。

また当時の日本の国家予算が二億二〇〇〇万円であった時代に四分の一に近い六〇〇〇万円の予算を組んで基隆港、西部縦貫鉄道のインフラ整備、上下水道の整備、台北医学校、病院などの整備を行い内地である日本本土と同じ水準の都市整備を行ったのである。

このあたりが搾取を目的とする西洋の統治方法とは考え方が完全に異なる点である。

特に農業に関しては五〇〇〇円札の顔にもなった農学博士である新渡戸稲造をアメリカから「三顧の礼」でもって招聘して、サトウキビなどの増産や米の品種改良を行い多くの貧窮した農村の発展と台湾の雇用機会の増大に寄与したのである。

また地方によってばらばらであった通貨・度量制の確立や土地の所有権の確定、戸籍などの統計制度の確立など法整備も同時に行い近代化を進めたのであった。

源太郎は台湾人と日本人を区別せずに多くの恩恵を無償で与えたのである。

ここに台湾人が源太郎を慕うひとつのエピソードがある。

日露戦争後に建てられた神奈川県江ノ島にある児玉神社は、そのほとんどの石材が源太郎の八年間あまりの台湾善政に感謝する台湾人からの寄贈で組まれている。

特に正面の大鳥居は「台湾婦人会」の寄贈で、左右の狛犬も「台湾有識者団体」の寄贈である。

また特筆すべきは神社の建設予算が当時の金額で一一万円であったが、日本で集まった資金がわずか三〇〇〇円しかなかったときのことである。

この報を聞いた台湾市民は残りの金額をわずか二週間で集めて寄付したというから、いかに源太郎が日本人より台湾人に好かれていたかがわかる話である。

特に現在の台湾の発展に大きく寄与したといわれているのが、源太郎が企図した台湾縦貫鉄道計画であった。

鉄道を通すための現地調査、設計から予算獲得まで全て源太郎が企図し、彼が帰任した後の一九〇八年には台北から高雄までの台湾縦貫鉄道が全線開通している。

この鉄道が台湾経済に与えた影響は絶大であった。

※

また現在台湾の人たちの「金沢旅行ブーム」が流行になっていると聞く。

理由は台湾で当時「東洋一のダム」といわれた八田ダムを作った八田與一《はったよいち》のふるさと訪問のためである。

新渡戸稲造

このダムの完成のおかげで台湾の灌漑システムは改良されて台湾南西部のすみずみまで水が行き届き、世界一のサトウキビ畑と言われるまでに発展することができた。

このダムのおかげでどれほどの農民たちが貧困から解放されたか計り知れないものがある。

八田與一の台湾赴任は、時系列的には源太郎や後藤が日本に帰任したあとの一九一〇年のことであるが、源太郎が在任時から農業の促進を図りダムや灌漑設備の整備を重視した遺産と考えることができよう。

そういう意味では、台湾人による源太郎のふるさとを巡る「徳山旅行ブーム」がないのが寂しい限りである。

❖コラム② 長州という藩 その二

長い長州藩の歴史を振り返ると戦国大名時代の毛利元就は現在の広島市を拠点として中国地方（現在の岡山・鳥取・広島・山口・島根）と北九州地域（福岡・大分の一部）の広大な地域を収めていたころは一〇〇万石以上の米作とそれに加えての瀬戸内海、日本海の海産物、石見の銀山、馬関（現在の下関市）を通じての貿易および関税収入で優に二〇〇万石以上の実力があったとされている。

つまり名実ともに当時は西日本で一番裕福な藩であった。

しかし歴史の転換点である一六〇〇年の関が原の戦い以降、豊臣秀頼を担ぐ西軍の事実上の大将であったがために敗戦後は大幅な減封を言い渡され、首府を広島から遠く離れた日本海岸の萩まで移動させられた上に三七万石という石高にまで領土を押さえられたのである。

このことはいかに徳川幕府が毛利家の再起を恐れていたかの証である。

この三七万石という数字は、単に隣の広島に新たにやってきた徳川側の福島正則の知行である三六万石という数字とのバランス保持のためだけ決められた石高であったので大きな意味合いはない。

しかしこれほどまでに禄高を極端に減らされ

てもなお毛利藩は、多数の家臣団を維持し続け辛酸を舐めつつ山あいの新田開発や海沿いの塩田開発などによって産業用に使用できる土地を広げて着々と別収入を稼いで家臣と領民を養うだけの体力をつけていったのである。

徳川側から見ればかなりしぶといやっかいな藩として映ったことであろう。

このように常に辛酸を舐め続けさせられた毛利家の徳川家に対する怨嗟の気持ちを表した有名な言い伝えが残っている。

毛利家では毎年正月に新年の挨拶として登城した家老が「殿、倒幕はいかに？」と聞く慣習があったそうである。

そしてそれを聞いた城主が「まだ時期尚早」と答えるのが毎年の通例となっていたと伝えられている。

江戸幕府に対して約五分の一に減封された「恨み」の心は領主のみならず家臣と領民の心の中にも蓄積され二六〇年間、世代を変えても決して忘れられることが無かったという。

まさに「臥薪嘗胆」の長州バージョンである。

このように「時期尚早」という言葉の通り常に外敵に対しての過剰なまでの敵対心と研究、情報収集が行われていたのである。

そして戦う前の準備として必要な戦闘員の教育、組織化、武器の調達、食糧の兵站などおよそ近代戦と変わらないような「戦闘配備」を合理的に瞬時で行う風土がそこに培われたのである。

まさに長年蓄積されたこのＤＮＡこそが多く

の長州人の本質ではないかと筆者は想像する。

このことは現代でも総理大臣をはじめ多くの大臣や政治家を一番輩出している県という現実が雄弁に物語っている。

それともう一つ長州藩の特色として下関（当時は馬関と呼ばれていた）という良港の存在が挙げられる。今でこそ日本の有名な港は神戸や横浜となっているが江戸時代においてはそもそも両港は存在していなかった。

その中で下関は当事一流の良港でありまた物流の拠点でもあった。

この地は瀬戸内海と日本海の分岐点であり当時日本国内の船舶は必ず下関に寄港して物資とともに情報も置いて帰った要衝の地である。また韓国や中国とも近く日本国内の情報のみならず当事の最新の海外事情もタイムリーに手に入ったことは容易に想像できる。

このことから当時の長州人たちは下関という「巨大なアンテナ」から時代の最新情報を受け取り他の諸藩よりも先駆けて時流を読み取ることができたのである。

本編の主人公児玉源太郎を語るときにこの特異な長州人のＤＮＡをよく理解することが必須ではないかと考えるものである。

一二　児玉ケーブル

スサノオ

「ひさしぶりだな、源太郎よ」

「はっ、おかげさまで。しばらく台湾統治で戦から遠ざかっていました」

「その戦のことであるが、その前に準備することを伝えにきたのじゃ」

「準備……といいますと？」

「通信網じゃ。お前も西南戦争の折に熊本城と東京の通信が断たれて困った経験があるであろう」

「はい。あの時は外部の情報が全くなく、まさに孤立無援の状態でした」

「戦においての情報がいかに大切であるか骨身に沁みているようだな。よって迫りくるロシアに対して日本から大陸に向けて通信ケーブルを結ぶように」

「通信ケーブルというと海底ケーブルのことですか？」

「そうじゃ、ロシアとの戦がはじまったら必ずこの通信ケーブルが役に立つ」

「わかりました。早速とりかかります」

ここでもうひとつ特筆すべき児玉源太郎が作った遺物を紹介したい。

これも軍人としては極めて珍しい着想である。

源太郎は西南戦争時において熊本城で篭城戦を強いられた時、通信ケーブルを切断されたために東京の司令部との通信ができなくなった苦い経験をしている。

このときの教訓から、彼は「戦時における通信の重要性」を痛感したのである。

同じ理由で日露戦争が開戦に近づくにつれ、彼の頭の中には中国大陸との間に海底ケーブルを敷設する構想が出来上がったのである。

当時の日本には大陸間に電信用の海底ケーブルがすでに二本存在していた。

ひとつは新潟からウラジオストクに向かうロシア向けのケーブルと、もうひとつは呼子から釜山でつながれた韓国向けのケーブルであった。

ただここで問題となったのはこの二本の海底ケーブルが「大北電信会社」というデンマークの会社に測量、ケーブルの敷設工事を請け負わせていたことであった。

つまり秘密漏洩の危惧である。

日露の開戦に伴い、前者のウラジオストクへのケーブルは敵地ロシア内なので日本軍側の情報が筒抜けになることは当然推測された。

よってこれは決して使用できない。

また後者もデンマークの会社が敷設事業を請け負ったので、自国以外の関係者が関与しており機密保持の観点から戦時には安心して使用できなかった。

そこで新たに日本の技術者だけで、自国の技術を使って大陸まで純国産の海底ケーブルを敷設する必要性があったのである。

一方、日英同盟を結ぼうとしていた当時のイギリスは、一八五〇年から五〇年もの歳月を費やして情報収集のために世界各地を海底ケーブルで結んでおり、一番東端は上海の外国人居住区まで延伸していた。

現在で言うところのインターネット網の構築である。

源太郎はこのイギリスの作ったケーブル網に乗っかるために、大本営のある東京からまず鹿児島まで電線を巡らせ、その後奄美大島そして沖縄を経由して石垣島、台湾まで海底ケーブルを引いて繋いだのである。

その後は台湾からさらに上海まで繋げこの通信網は完成した。

そして一九〇二年、日英同盟が締結すると上海まで通じていたイギリスの既存通信網に繋いで東京とロンドンまでの通信システムが直通したのである。

日本はこのケーブルと日英同盟によってまさに「タダ」でイギリスの情報網をリアルタイムに使う事に成功したのである。

まさに「情報は命」である。

当初はデンマークの会社からは「日本人だけでは技術的に絶対に無理だ。我々にまかせろ」と揶揄されていた難事業ではあったが、源太郎はイギリスから総延長二〇〇〇キロメートルのケーブルを購入してケーブル敷設予定の海底の測量を開始した。

このときに活躍したのがケーブル敷設船「沖縄丸」である。

一八九五年（明治二八年）にイギリスに発注した沖縄丸は翌年六月に進水し、日本の長崎に回航された。

この沖縄丸の船名の由来は「沖に縄を張る」仕事から命名された。

まずは鹿児島から種子島、奄美大島、徳之島、沖縄、石垣島を経由して台湾までの総延長一九三五キロメートルの遠大な敷設工事に日本人だけで取り掛かった。

このとき源太郎はこのすべての作業を指揮するために、陸軍台湾電信建設部の部長職に就いている。

さらに源太郎は念には念を入れてロシア軍から沖縄丸の正体を偽装するためマストの位置を移動し、ケーブル敷設船の特色である船首の大きなケーブル用滑車を隠す偽のカバーを被せてカモフラージュを施したのである。

さらに船体や煙突を白色から黒色へ塗り替えるなどの工事を、佐世保海軍工廠で徹夜作業により施された。

念の入ったことに船名も「富士丸」と偽装した沖縄丸は源太郎の指示の下、日本人だけの力で海底の測量と敷設を完遂してついに台湾経由で中国本土までのケーブルネットワークの構築に成功したのである。

この期間ロシア軍はまったくこの作業に関しては知る由もなかった。

このように沖縄丸は八面六臂《はちめんろっぴ》の大活躍によって完成させた「児玉ケーブル」のご褒美として本来は帝国海軍の軍艦にしか装着を許されていなかった皇室のシンボルマークである「菊の御紋章」を艦尾に付ける栄誉に与ったのである。

「情報収集は命」またもや児玉のＤＮＡの発露の賜物である。日露戦争勝利の影の立役者として児玉ケーブルの存在を是非記憶に留めて欲しい。

一三　八甲田山

アマテラス
「やっと陸軍大臣にまでなったな。源太郎よ」

「はっ、おかげさまで。次はいよいよロシアでしょうか？」

「いや、日露戦の前に大変な事故が青森で起こる。今日はそれを伝えに来た」

「大変なこと……といいますと？」

「訓練中にひとつの部隊が壊滅するのじや」

「部隊が丸ごと壊滅でありますか？」

「そうじや、陸軍大臣としてのお前は動じることなく的確に処置をするように。特に兵を亡くした遺族への配慮を厚くするようにな」

「わかりました、心してかかります」

※

一九〇二年、源太郎が陸軍大臣になった時に青森県ではとんでもない事件が勃発した。

いわゆる「八甲田山　雪中行軍遭難事件」である。

高倉健主演の映画「八甲田山」にもなった有名なこの大事件であるが、真相はこうである。

青森の第八師団ではもし日露が開戦となった場合、最悪の事態を想定していた。

つまりロシア艦船が津軽湾に進入し、その艦砲射撃によって東北本線が破壊、分断された場合、冬季の情報と輸送の確保のために「八甲田山越えができるか否か」を検討するために雪中踏破訓練を行ったのである。

一九〇二年一月、青森第八師団の二つの部隊がそれぞれ現在の青森市と弘前市からほぼ同じ日に出発し、豪雪の八甲田山中で出会うはずだったのだが、人数が多かった青森第五連隊が二一〇人参加して一九九人が凍死のためにほぼ全滅、片や少人数で長距離を歩いた弘前第三一連隊は全員無事で完全踏破したというものである。

全滅した青森第五連隊は秋田県出身の神成大尉が指揮官で、大隊編成の二一〇人を率いて「雪中における軍の展開、物資の輸送の可否」を研究するために二泊三日の予定で青森市を出発した。

　一方の弘前第三一連隊は福島大尉が指揮官で、中隊編成の三七人の少人数を率いて「雪中行軍に関する服装、行軍方法等」を研究するために一一日の行程で弘前市を出発した。

　二つの連隊の指揮官はともに優秀で、この行軍を成功させるためにお互いに夏から八甲田山に入り、木の高い部分に紐をしばり目印を付けたり、山の姿を描きとめたりと準備を怠ることはなかった。

　しかし不運なことに準備万端であった青森第五連隊では出発が近づいたある日、全く山岳経験のない山口少佐という上官が「絶対指揮に口を出さない」という条件付きの見学と言う立場で参加することになったのである。

　これがそもそも不運の始まりであった。

　最初は口を出さない約束であったにもかかわらず、山口少佐は四方何も見えない白銀の世界で不安になったのか自分の拙い考えを出すようになり、軍隊で一番重要な指揮系統を狂わせてマイナス二〇度の吹雪の中で二一〇人の部隊を立ち往生させてしまったのである。

　さらに、せっかく夏から入念な計画をして案を練った神成大尉の意見を全く無視してまちがった進路を取らせてついに部隊は全滅してしまったのだ。

一方、弘前第三一連隊は、福島大尉が夏から山の形や道などの実地調査を行い、その結果、行軍も二〇〇キロメートル近い全行程を自分の判断で責任を持って指揮できたので成功したのである。

ちなみにこの事件は現在の防衛大学の授業の中で「指揮権の大切さ」を教える教材となっている。

この事件当時、源太郎は陸軍大臣の立場であったが、この悲報に接するや否やことの真相解明を待たずしてすばやく遺族のもとに弔電と慰霊金を渡して遺憾の気持ちを伝えたとされている。

このような素早い陸軍大臣の反応に悲嘆に暮れていた遺族たちは、その悲しみを半減させたと言う。

この話からもまた、彼の持つ際立った行政能力の一端を垣間見ることができる。

一四　児玉文庫

アマテラス
「八甲田は大変であったのう。源太郎よ」

「これはアマテラス様」

「今日は戦の話ではない。戦より大切な教育の話じゃや」

「教育……でありますか」

「そうじゃや。お前が生まれた街、徳山の子弟の将来のために文庫を作ることを今回は伝えに来た」

「文庫でありますか」

「そうじゃやのう、お前の名前を付けて児玉文庫がよかろう」

「児玉文庫……」

「よいか、高価な本ではあるが惜しむことなく老若男女広く貸し出すように」

「わかりました、早速仰せに従います」

※

長州人の優れたＤＮＡとしてまずは「子弟の教育」が挙げられる。

軍人であった源太郎も例外ではなく、このＤＮＡは持っており自分を育んだ徳山市の未来を担う師弟の教育のために「児玉文庫」という私設図書館を日露戦争が始まる直前の激務の中に開設したのであった。

しかもまだ全国的にも図書館という存在自体が珍しい時代のことである。

日露戦争開戦前一九〇三年（明治三六年）当時、本は庶民にとって非常に高価で貴重なものであったので本を所有して読める人は上流階級のみに限られていた。

現在のように多くの自治体が税金を投じて図書館を造って市民の誰でもが気軽に閲覧できる時代ではない。

わずかに官立・私立大学の中にある図書館のみが多くの蔵書を抱えていた唯一の場所であり、当然のことながら学内の教授や大学生以外は閲覧の自由が無かった時代である。

そのような時代に子弟の教育のために莫大な私費を投じて図書館を作るあたり、源太郎の知能レベルは、当時の秀逸な人物と比べてもやはり源太郎は頭ひとつ分上を行っていたようである。

とはいえ「図書館の設立」と一口に言うものの、建設や蔵書購入など相当費用がかかるものであるが、実際のところ源太郎はこの財源をどのように捻出したのであろうか。

当時孝明天皇の皇后が崩御されたおりに、陸軍次官であった源太郎は葬儀委員の大任を仰せつかった。

葬儀当日はすべての警備に問題も無く執り行うことができた。皇室はその御礼として金一封を源太郎に下賜したのであった。

この皇室からいただいた金一封に私財をつぎ込んで「児玉文庫」の建築費総額一二〇〇円あまりを捻出したのである。

図書館の設立場所は、父親の蟄居事件以来他人のものになっていた自分の生家であった土地を買い戻している。

このあたり源太郎の生誕地への愛着とこだわりを感じる。

かくして図書館の場所と建物は確保したのであるが、文庫創設当初の蔵書の入手に当たっては源太郎は自分の知人、友人の多くの有識者たちに「児玉文庫」への本の寄付を広く依頼した。

その結果、桂太郎、寺内正毅などの同郷人や新渡戸稲造、後藤新平などの名前が本の寄贈者として挙げられている。このことはいかに自分の意見に同調してくれる友人や知人が多数いたかということを雄弁に物語っている。

「児玉文庫」設立二年後には蔵書数は約八〇〇〇冊を数え、そのジャンルも源太郎の趣味であった世界中の地理・歴史書が多く占めていたようである。

また当時の時事を早く知るために地元の新聞社を含む一〇社の新聞を常に読めるように考慮したという。

他の誰よりも先取りした情報収集というＤＮＡがここでも顔を出している。

また文庫の閲覧者も年齢性別の区別無く、勉学を志す人間であれば誰にでも門戸を開き、全国でも珍しい館外への無料貸し出しも行われるようになった。

当時貴重であった本を無料で誰にでも貸し出すリスクを敢えて源太郎はとったのであった。

この児玉文庫のおかげで徳山近隣の勉学に励む人たちが享受した恩恵は、計り知れないものがあるだろう。

「児玉文庫」創設後三年目に源太郎は日露戦争の激務が原因で急死するのであるが、彼の「本を通じての師弟教育」の遺志はそのまま徳山市民に受け継がれた。さらに全国からの寄付等によって蔵書の数は年々順調に増え続けていった。

このような特異な経歴を持つ図書館は全国で見ても非常に珍しい。

その後明治の末には蔵書数は一九〇〇〇冊になり大正末には二八〇〇〇冊、太平洋戦争が始まる前年には四三〇〇〇冊にまで増えていった。

このことはまさに故・源太郎の意志を尊重して寄付した友人や有識者の理解とその蔵書とＤＮＡを大切に守った徳山市民のおかげであろう。

「児玉文庫」は館外貸し出しというサービスの他にも、文庫に来られない遠方の人々に対して地方に出向いて巡回サービスを行った。

また「本を読む場所」という図書館本来の機能だけでなく各団体の発表会や展覧会、児童会などの多目的イベントを定期的に開催して徳山の郷土の文化発展のための総合教育施設としても大いに利用されたのである。

しかし残念なことに昭和に入り太平洋戦争の終戦間際、一九四五年七月二六日に米軍は日本海軍の息の根を止めるために「東洋一の燃料庫」である徳山海軍燃料廠の絨毯爆撃を行った。

雨のように降り注いだＢ２９からの爆弾は、目標の海岸沿いの燃料タンクや工場施設以外にも無差別に多数一般市民の住む徳山市内に散布され、五〇〇〇〇冊以上の蔵書を抱える児玉文庫を含む住宅街はたった一日の爆撃で灰塵と化してしまったのである。

まことに勿体無い話である。

しかしこの児玉文庫の設備、蔵書、理念の消失を惜しむ市民の声が集いその後は徳山市立図書館設立に結びつき、現在の周南市立中央図書館へと受け継がれていくのであった。

最近では有名書籍店と組んで新幹線徳山駅構内におしゃれな図書館も新たに開館して大変貌を遂げている。

源太郎もさぞや満足であろう。

児玉文庫の影響
余談ではあるが徳山市内には県立徳山高校という県下でも有名な進学校がある。
山口県内でも他の都市の高校を差し置いて全国高校偏差値トップ一〇〇位にランクインする名門校であるが、現代の徳山市の学生の教育水準向上に源太郎の創設した児玉文庫の存在は全く無関係ではないと考える。

ここでは是非「図書館を作った陸軍大将」としての児玉源太郎の側面を記憶にとどめておいて欲しい。

秋山好古

ちなみに明治期の陸軍大将で戦後地元の子弟の教育に専念した人物がもう一人いる。

司馬遼太郎の「坂の上の雲」でも有名になった伊予・松山の秋山好古陸軍大将である。

彼は日露戦争後多くの将官たちが軍内に残る中で、陸軍大将という階級をまるで服でも脱ぐような感覚でいとも簡単に捨てて、故郷である松山に帰り北予中学校（現在の愛媛県立松山北高校）の校長職として毎日勤務したのであった。

秋山は元陸軍大将とは思えないほどの物腰が低い温和な態度で、全ての生徒に接したと伝えられている。

また秋山は学校まで毎日、軍馬に乗って通ったらしい。

このあたりは騎馬兵団を率いてロシアと戦った指揮官の矜持であろう。

奉天大会戦で一緒にロシア陸軍と戦った二人であるが、地元の子弟の教育に関する考え方は児玉と秋山には相通じるものを感じる。

ちなみに一八八三年（明治一六年）秋山が陸軍大学校一期生で入学した時には源太郎はすでに陸軍大学校長の職であった。

一五　開戦についての政界、財界との折衝

アマテラス
「ひさしぶりじゃの、源太郎」

「アマテラス様、いよいよロシアですね」

「そうじゃ。知ってのとおり、ロシアはシベリア鉄道を来年複線化する」

「つまりロシア軍の移動が今までの倍になるわけですね」

「そうじゃ。ここはどうしても国運を賭けて戦う必要がある」

「わが軍には田村怡与造という対ロシア戦の参謀がいますから大丈夫です」

「その田村怡与造が急死するのじゃ」

「田村が急死……ですか？　彼に代われる者はおりません」

「源太郎、お前がやるのじゃ」

「私が……ですか？」

「そうじゃ、そのために長年お前を育ててきたのじゃ。開戦の準備もお前が全てやるように」

「しかし首相の桂太郎を筆頭に、政界は一〇倍以上の国力・軍事力におびえて開戦に踏み切れません。また財界も資金の捻出で難色を示しています」

「政界の伊藤博文は、お前の旧知の仲ゆえ真剣に話をすれば納得するであろう。しかし財界ナンバー一の渋沢という男を説得せねば財界の承認が取れない」

「それでも難色を示した場合はいかがいたしますか?」

「財界ナンバー二の近藤廉平という男を満州視察につかわすのじゃ」

「近藤廉平ですね、わかりました。覚えておきます」

※

田村怡与造

神が源太郎に与えた次の試練が、日露開戦の一年前にあたる明治三六年、「対ロシア戦の最高情報担当者」の田村怡与造の急死であった。

田村怡与造は山梨県出身で「今信玄」と呼ばれており、日露が開戦することを前提でロシアに関する情報を集め、作戦を立案する重要な任務に就いていた。

当然一旦戦争が始まると、ロシアの情報を全て熟知している彼がすべての戦略、戦術を立てそれに基づいての戦闘が行われる予定であった。

このポジションが容易に他の人間と交代できない理由がここにあった。

余談ではあるが、日清戦争は薩摩出身の川上操六が対清国の情報分析担当で戦争が始まると全て彼の戦略で戦った結果、勝利に結びついたのである。

田村怡与造の急死によって源太郎は対ロシアの作戦立案ができるのは自分しかいないという理由で、大臣職を辞して参謀本部次長就任という降格人事を快諾した。

大臣という職から参謀本部次長への二階級以上の降格人事は、長い陸軍の歴史の中でも源太郎が最初で最後である。

当の源太郎にとっては、「国家百年の計を鑑みるとたかだか自分の身分のことなどはもうどうでもよい」という心境であったのだろう。

いかにも源太郎らしい。

国民の世論

ここで当時の日露開戦前の日本国民の世論について触れておきたい。

この当時は太平洋戦争前と違って国民はほぼロシアとの戦争に賛成しており、むしろ反対していたのは桂太郎首相が率いる明治政府の方であった。

それくらい国民は日清戦争後にロシアにだまし取られた遼東半島のことを恨みに思っており有名な「臥薪嘗胆」のスローガンで爪に火をともすような生活をして一〇年間にわたって戦費を貯めてきた。

しかし反面、桂太郎内閣は国力、軍事力ともに日本の一〇倍のロシアにまさに「弱腰」であった。

陸軍大将を経験していた桂太郎は、軍事の専門家であったがために世界最強の陸軍を持つロシアと戦えば簡単に日本は滅ぶと考えていたのである。

あろうことかいざ開戦となれば自分たちの父親・夫・息子が犠牲になるのがわかっているにもかかわらず、国民のほうが三国干渉に対する「臥薪嘗胆」を合言葉に結束をして政府の弱腰を突き上げる始末であった。

こんな奇妙な現象が古今東西の国家の中であったであろうか？

しかも一番冷静であるべき学会も東京帝大の七人の博士が開戦の断を下せない政府と軍部に詰め寄り「今ロシアと戦争をしないとはどういうことか」と必死に口説く有様であった。

当時の首相、桂太郎は大学教授に「今はあなたたちの素人の意見を聞いている暇はない。我々は砲弾の数と相談しているのだ」と言い放ち、学会の意見に全く取り合わない始末であった。

政財界への働きかけ

源太郎はこのように逼迫する日露情勢を前にしても煮え切らない「非戦派」であった政府と財界に直談判することを決めた。

この難交渉ができるのは、「国内では自分以外にはいない」と思ったからである。

事は一刻を争う。

当時の政界のドンであった伊藤博文とは、同郷かつ旧知の仲であったし盟友でもあるので腹を割って心の内を話すことができた。

源太郎は伊藤を料亭に呼び出した。

伊藤も呼び出された用件は百も承知していた。

「児玉君、軍人としての君にまず率直に聞く。日露が開戦したとして、はたして勝てるのか？」

「伊藤閣下、まずは五分五分です。うまく知略を使ってよくて六分四分です。しかしこれはあくまでも今の数字で、時間が経てば経つほどシベリア鉄道が複線化されて満州へ送られてくるロシア兵力は増強されてしまい一年後にはもはや五分五分も夢の話になります。今ならまだ何とか間に合います。どうか今のうちに賢明なご判断を！」と膝詰めで答える児玉に
「わかった。彼我の戦力を知り尽くした君が言うことだ、おそらくは間違いあるまい。不本意ではあるが開戦に踏み切ろう。今日の結論は元老会議の総意ということで桂総理に伝える。あとは陛下の採決を待つのみだ」と応じた。

このようにして膝詰談判で政界の許可を取り付けた一方、次は財界の重鎮といわれた渋沢栄一のところに出向きこう語った。

「渋沢さん、今ロシアと戦わないと日本の未来はない。大国ロシアは弱小国日本がまさか戦争に打って出るとは思っていない。われわれを侮っている今が最後のチャンスだ」

と説いた。

「児玉さん。今、日本中の金庫を全てさらってもそれだけの戦費は出ない。金がなければ砲弾が買えない。砲弾が買えないと戦争は勝てないことは貴方が一番よく知っているだろう」

と源太郎の説得を無碍に突き放したのであった。

渋沢栄一

梃子でも動かない渋沢のもとを辞した源太郎は決してあきらめなかった。源太郎の脳裏には毎日のようにシベリア鉄道で満州平野に補給されるロシア陸軍兵のイメージしか無かったのだ。

渋沢の説得に失敗した源太郎は、次に財界ナンバー二の日本郵船社長の近藤廉平のところに行き同じことを説いた。

ここでも渋沢と同じ回答であったが、最後の手段として彼に「満州視察旅行」をさせたのであった。

つまり「実際の満洲の実情を見てからもう一度話をしよう」と持ちかけたのである。

このあたり、源太郎もなかなかしぶとい。

しばらくして視察から帰った近藤廉平は渋沢栄一に報告をした。

「渋沢さん、率直に言いますとかなり危ない状況です。今の満州はロシア軍一色に染まっていました。児玉君が言うようにこのままでは数年のうちに日本はロシア軍によって滅びるしかないでしょう」

と満州で見たままを語ったのである。

この言葉を受けて渋沢は腕を組んで宙を睨みしばらく考えた。

同じ言葉でも軍人が言うのと経済人が言うのでは意味が全く違う。

経済人の近藤の言葉を真摯に受け止めた渋沢は、もう一度源太郎と時間をとって会合をもつことにした。

「児玉さん、日本郵船の近藤君から満州のロシア軍の様子を直接聞きました。とんでもない状況で『このままだと日本はロシアに押し潰される』とまで彼は言っていました。ところで仮に開戦したとしてロシアに勝つ見込みはいかがですか？」

「渋沢さん、とうてい勝つまではいきません。知恵を絞り総力をあげ、勇敢に攻めてなんとか戦いを優勢に持ち込み、あとは外交によって戦を終わらせるのがやっとです。しかし日本軍が作戦の妙を得て、将士が祖国を思い死力を尽くして戦えば、今ならなんとかやれる。近藤さんが満州で見たとおり日本はここで国運を賭して戦う以外に道はない。どうか財界のご決断を！」

感極まり泣きながら説得する源太郎に渋沢は、「わかった児玉君、やむを得ないが開戦に踏み切ろう。私もそのときには一兵卒として戦場に出るよ。開戦に備えてこの身を挺してでも資金調達をしましょう」

と涙ながらに答えたのであった。

近藤の満洲視察がもし無かったら日露戦争は起こっていない歴史があった。

当然そうなれば今頃私たちの公用語は「ロシア語」になっていたはずだ。

相手に喰らいついて最後まで持論を通した源太郎。

彼は現代のビジネスマンをやらせても抜群の成績を残せたと確信する。

※

ここに頭痛の種であった政界、財界の了承が揃ったのであった。

源太郎は日本国民を代表して強固だった反対派に主戦論を説き、賛同を得た。

この困難な交渉の後は、心機一転して軍服に着替えて戦地である満州へ作戦指導のために赴くのであった。

一六　メッケル少佐

日本人からは正当な評価が得られなかった源太郎であるが、外国人で彼の才能の高さを早くから評価した人物がいる。

メッケル少佐

「クレメンス・ウイルヘルム・ヤコブ・メッケル少佐」

長い名前なので、ここでは単に「メッケル少佐」と呼ぶ。

西南戦争で参謀将校の養成所の必要性を痛感した日本陸軍は一八九二年（明治一五年）に東京青山に陸軍大学校を創設した。

最初はフランス方式を採用していた陸軍であったが、フランスが負けた普仏戦争の結果を踏まえて桂太郎が中心となって勝ったプロイセン（ドイツ）式の軍学を採用するに至り、陸軍大学校はドイツの参謀長であったモルトケ元帥に教官の派遣要請を行った。

しかしモルトケはドイツ国内の仕事が多忙で自ら日本に行けないので、自分の愛弟子である優秀なケルン生まれのメッケル少佐を推薦して日本に送り込んだのであった。

流石にドイツが誇る名参謀長の推薦である。

メッケル少佐は優秀でかつ厳しい教官であった。

陸軍大学校一期生二〇人で卒業できたのは、秋山好古を含むわずか半数の一〇人であったからその厳しさがよく分かる。

不出来の学生はどんどん不合格にしたのだ。

しかしメッケル少佐は厳しい反面、寛容なところもあり、彼の講義は学生だけでなく興味があるものには誰でも開放して教えたという。

このときに大学長をしていた源太郎は、聴講生として学生に混ざって参加しており、メッケルに対してその都度、非常に鋭い質問をつねに浴びせたという。

学長が学生たちよりも人一倍熱心だったわけである。

この授業中の質疑応答の鋭さによって源太郎の理解度と柔軟性、高い才能をメッケル少佐は瞬時に見抜いたのである。

日露戦争が始まる前に源太郎が参謀本部次長に就任したことを聞いたメッケル少佐は、海外の新聞記者の「もし日露が開戦したらどちらが勝つか？」

という質問に対して、

「私が教えた児玉がいる以上は当然日本の勝ちである」

と自信たっぷりに答えてロシアの圧勝を信じていた記者たちを大いに驚かせたと言う。

よほど源太郎を評価していたのであろう。

またどう考えても「日本の敗北」を確信しているドイツ陸軍関係者たちにも
「日本陸軍には私が育てた軍人がいる。特に児玉将軍が居る限り日本はロシアに敗れる事はまず無い。児玉将軍は必ず満州からロシアを駆逐するであろう」

と力説したと伝わる。

開戦が決まった日にメッケル少佐は、帰国後のドイツから陸軍参謀本部に電報を送っている。

「日本がんばれ！　メッケル」

なんとも力強い味方である。

一七　部隊編成

日露戦争を前にして源太郎が次長を務める陸軍参謀本部は、四つの「軍」を組織した（鴨緑江軍だけは奉天会戦前に設定）。

参謀本部長は薩摩藩出身の大山巌であった。

大山は西郷隆盛の従兄弟にあたりその風貌や周りに安心感を与える「おおらかな雰囲気」は、源太郎をはじめとするスタッフ全員に安心感とやる気を与えた。

また薩摩人らしく、一度信頼して仕事を任せたならば細かいことに一切口出ししないという性格が源太郎の能力を最大限に引き出された理由でもある。このあたり海軍の東郷平八郎（薩摩）と参謀秋山真之（松山）の関係によく似ている。

これがもし山県有朋のような細かい性格者がトップなら同じ長州の同郷出身とはいえ源太郎の自由度は極めて低かったことであろう。

ここで司令部の中で源太郎を補佐したスタッフを紹介する。

秋山真之

井口省吾少将（静岡）
福島安正少将（長野）
松川敏胤大佐（宮城）
田中義一少佐（長州）

主にこの四人が源太郎の補佐役となり戦地での情報収集や作戦の立案を援助した。

特にシベリアを犬ゾリによって単独横断したことで有名な福島安正少将の意見は源太郎にとって貴重なものとなった。

続いて源太郎の作戦に基づいて現場で戦う四つの「軍」と軍司令官およびスタッフを紹介する。

第一軍　指令官　黒木為禎大将（薩摩）　参謀長　藤井茂太（兵庫）
第二軍　指令官　奥　保鞏大将（小倉）　参謀長　落合豊三郎少将（松江）
第三軍　指令官　乃木希典大将（長州）　参謀長　伊地知幸助（薩摩）

第四軍　指令官　野津道貫大将（薩摩）　参謀長　上原勇作少将（日向）
加えて一九〇五年一月一二日　奉天会戦前に設立された
鴨緑江軍　指令官　川村景明大将（薩摩）　参謀長　内山小二郎少将（鳥取）

薩長軍閥の中で唯一第二軍の奥保鞏《おくやすかた》のみが旧幕府軍上がりであった。いわゆる賊軍出身である。

このことはいかに彼の戦上手が評価されたかがわかる。
この編成の中で乃木の指揮する第三軍のみが旅順攻略に回され、その他の軍は満州平原を南下してくるロシア陸軍との戦闘を行う役割を与えられた。

源太郎の頭の中にあるイメージは、まず遼東半島の中間地点に上陸して第三軍だけは左に侵攻し旅順攻略、その他は右に侵攻して南山と遼陽を落とし、沙河を落とした後で奉天に向かうというものであった。

そして最後の奉天決戦までには旅順を落とした第三軍も合流して、最大の戦力でクロパトキンと戦い勝利するという構想を持っていた。

クロパトキン

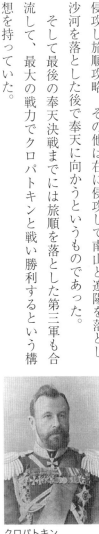

またロシア軍だけでなく源太郎は、「時間との戦い」も考えなくてはいけなかった。なぜならばシベリア鉄道が全線開通してなおかつ複線化されてしまえば、本国からの増援部隊が波のように押し寄せてくるので、早い段階で引き分け以上の結果を出さねばならなかったのである。

とにかく急がねばならない。

また引き際を見誤らないように終戦の工作をアメリカに託すつもりで、当時のアメリカ大統領セオドア・ルーズベルトとハーバード大学で同期であった金子堅太郎にその仲介役を買って出てもらうように命じての開戦であった。

聡明な源太郎であったが、彼をして計画を狂わせる要因が発生した。

一〇年前の日清戦争時に乃木希典が一日で落とした旅順要塞をあまりにも簡単に考えすぎていたことである。

このことは源太郎のみならずほとんどの幕僚たちも旅順を軽く落とせると考えていたため、彼のみの責任ではない。

緒戦の戦場になる予定の遼東半島を「人間の腕」に例えて各軍の攻撃目標と上陸地点を記す。

第一軍が韓国に上陸して鴨緑江を渡り半島の脇に相当する九連城を落とす。
第二軍は手のひらに当たる塩大墺に上陸。
第四軍は肘に当たる大弧山に上陸。
第三軍は指先にあたる大連に上陸。
このような大戦略の元で陸軍の日露戦争はいよいよ開戦を迎えることになった。

一八　日露開戦

スサノオ
「いよいよじゃのう」
「はい、やっと開戦まで漕ぎつけました」
「心配せずとも初戦は全てうまくいく」
「そうですか、それをお聞きして安心しました」
「この戦い全般に言えることであるが平地の戦いは苦労しないが、相手が砦を持って待ち受ける場所は難儀

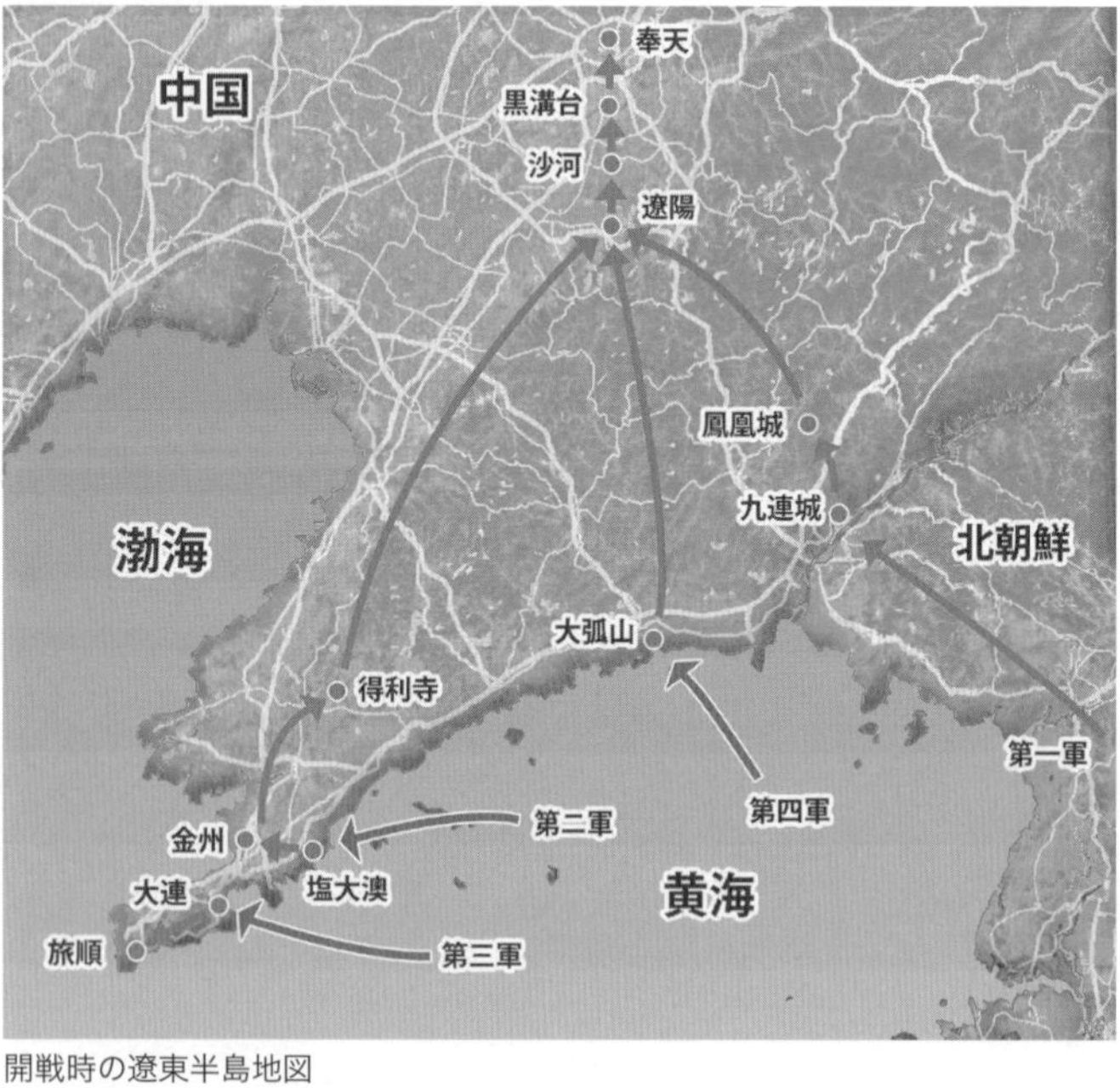

開戦時の遼東半島地図

するぞ」

「相手もそれ相当の用意があると言うことですね」

「それと相手の大将クロパトキンじゃが、『作戦の神様』と呼ばれているそうじゃが、たしかに机上の作戦は優れているが、名誉欲の塊である」

「つまり失敗を恐れていると？」

「そうじゃ。勝てる戦いしかしない。ここが肝心なところじゃ。決して勇猛果敢な攻めをしないクロパトキンが相手であることが常に日本に幸いすることとなるじゃろう」

※

源太郎の政界・財界への開戦工作が実を結び、ついに一九〇四年二月三日の御前会議で天皇による日露開戦の裁可が降りた。

ここに第一軍から第四軍までの「四本の矢」をつがえた源太郎の練りに練った作戦がいよいよ開始されたのであった。

一九〇四年二月九日一二時二〇分

現在の韓国・仁川湾内に停泊していた日本海軍の「戦艦浅間」がロシア艦艇に向けた発砲により日露戦争はついに始まった。

同日、陸軍の第一軍は仁川から上陸して漢城（今のソウル）をその日のうちに占領した。

これを受けた日本国政府は翌日、ロシア政府に向けて正式な宣戦布告を発したのである。

開戦初頭の源太郎の考え方は

一　先発させている第一軍が鴨緑江を無事渡河して短期間で九連城を落とせるかどうか。
二　それに呼応して送る後続の矢が安全に海上輸送できるかどうか。

この二点であった。

兵員輸送のための制海権を握るべく旅順艦隊の動きを封じるために、海軍は二月一八日に第一回旅順閉塞戦を行ったが不十分な結果のために三月二七日に第二回、五月二日に第三回の閉塞戦を行った。

ちなみに第二回閉塞戦で指揮官であった広瀬武夫中佐は戦死して軍神第一号になる。

この海軍による閉塞作戦がある程度成功を得たので、「陸軍兵力の輸送を妨げる敵艦の脅威はない」と判断した源太郎は最初の矢である第一軍を鎮南甫に送り、短期間で平壌を陥落させて鴨緑江を渡らせた。

緒戦の目標は対岸の九連城の攻略であった。

遼東半島の付け根にあるここが落ちるか落ちないかによって、その後の作戦に大きな障害が残る要所であったのだ。

しかし四月二九日に鴨緑江を無事に渡河し終えた第一軍（司令官　黒木為禎大将）は、わずか二日間の戦闘で九連城を陥落させたのであった。

この勝因はロシア陸軍ザスーリチ将軍が兵力を分散配置したことによって、日本軍はそれを十分な火力で応戦し各個撃破して大きな損害を与えたことと、ロシア側が早期の総力戦を最初から想定していなかったためにすぐに退却したことにあった。

鴨緑江会戦　一九〇四年四月三〇日～五月一日

参加兵力

日本側　　四二〇〇〇人

ロシア側　　二四〇〇〇人

死傷者
日本側　一〇〇〇人
ロシア側　一八〇〇人
ここに「第一の矢」の最初の目的が短期間で終了したことで源太郎は心から喜んだ。
その喜びようは「下駄の歯が折れるほど飛び上がって喜んだ」と記されているからその歓喜の気持ちはいかばかりであっただろうか。
いずれにせよ幸先の良いスタートであった。

一九　金州・南山の戦い

その三日後に「第二の矢」である第二軍（司令官　奥　保鞏大将）は遼東半島の手首の部分にあたる一番くびれた部分である塩大墺に上陸して南山を攻める準備に入った。

この南山にロシア軍は機関銃と野砲一一四門を配備して塹壕と鉄条網、地雷で囲った近代要塞を構築していたのであった。

奥はあらかじめ雇っていた中国人スパイからの情報によって、南山がかなりの装備を揃えた要塞であることはわかっていたが、日本陸軍はここに創設以来初めてベトン（コンクリート）で固められた西洋式近代要塞と対峙することになった。

戦いは敵の防御が当初予定していた以上の硬さであったために熾烈な戦闘が待っていた。

第一、第二次攻撃では第四師団（大阪）が果敢な攻撃を仕掛けるものの当初の予想よりもはるかに多い弾薬を使い切ってもなお落とせない状況であった。

さらに第一師団（東京）の増援による第三次攻撃によって、多くの死傷者を出しながらも金州の攻略は完了した。

また海軍の援護による金州湾からの艦砲射撃も功を奏したと伝わる。

いずれにせよこの戦いに敗れて弾丸、砲弾が底をついたロシア軍は旅順に撤退することになる。

ちなみに乃木希典の長男・勝典はこの戦いで戦死している。

南山会戦　一九〇四年五月二五日～二六日
参加兵力
日本側　三八五〇〇人
ロシア側　一七〇〇〇人
死傷者
日本側　四三〇〇人
ロシア側　一四〇〇人

二〇　得利寺の戦い

南山の会戦後の六月六日源太郎は陸軍大将に昇進した。

また旧友の乃木希典も同日に大将になっている。

しかしこのとき源太郎は誰もが羨む「大将昇進」を山県有朋に連絡して断っている。

「戦争は今始まったばかりなのに私如きが大将になることは面白くない」と彼自身が語っている。

このあたり本当に欲の無い男である。

当時の陸軍内のルールで陸軍大将は師団長を経験していなければ成れなかったのである。

しかし源太郎は日清戦争にも従軍せず、その後も台湾総督が長かったために師団長の経験が無かった。

にもかかわらず陸軍のルールを無視して、特例で大将になれたことが源太郎が断った理由である。

しかし最終的には山県を始めとした周りの説得を受けて、源太郎はこれをしぶしぶ受諾した。

源太郎にとっては日本の未来が懸かるこの戦を前にして、自分の肩書きなどどうでもよかったのであろう。

陸軍内の誰もがルールを改定してまでも大将にするべきと判断したのには、やはりそれだけ源太郎の卓越した能力が買われたことの証左である。

さて、南山の会戦のあと遼東半島のくびれに位置する金州を落とされたロシア軍二個師団は旅順に逃げ込んだ。

つまり満州に展開するロシア軍本軍と分離されて孤立した状態に追い込まれたのである。シタケリベルグ将軍率いるロシア軍は、この孤立した二個師団の軍を救うために増援を寄こして得利寺に陣地を構築して第二軍を迎え撃つ準備をした。

この報に接した源太郎はロシア軍が完全に陣地構築ができる前に攻撃開始するよう、第二軍の奥大将に伝えたのである。

兵力が優勢でかつ陣地を守るロシア軍に対して二〇〇門の火砲で砲撃を開始した奥軍は、二日間のまさに「鬼神のような」戦いでロシア軍を退けたのである。

敗走するロシア軍は得利寺駅に火を放って戦場を去っていった。

この戦いに勝利したとはいえ前回の南山の戦いからわずか二〇日間しか経ていない奥軍の将兵は疲労が溜まっており、敗走するロシア軍を追撃することができなかった。

それほどまでに「ギリギリ」の勝利であったのだ。

しかし現場を知らない大本営は、追撃し撃滅しなかった奥軍を叱咤したのである。

この戦いによってロシア軍二個師団を旅順に分断したまま釘付けにした功績は大きい。

いずれにしても日露開戦後、九連城、南山と得利寺で日本軍は三連勝を勝ち取ったのである。

陸軍大将に昇進した源太郎の滑り出しはまだまだ順調であった。

得利寺会戦　一九〇四年六月一四日〜一五日
参加兵力　　　　　　　　　死傷者
日本側　三三六〇〇人　　　日本側　一一四五人
ロシア側　四一四〇〇人　　ロシア側　三五六五人

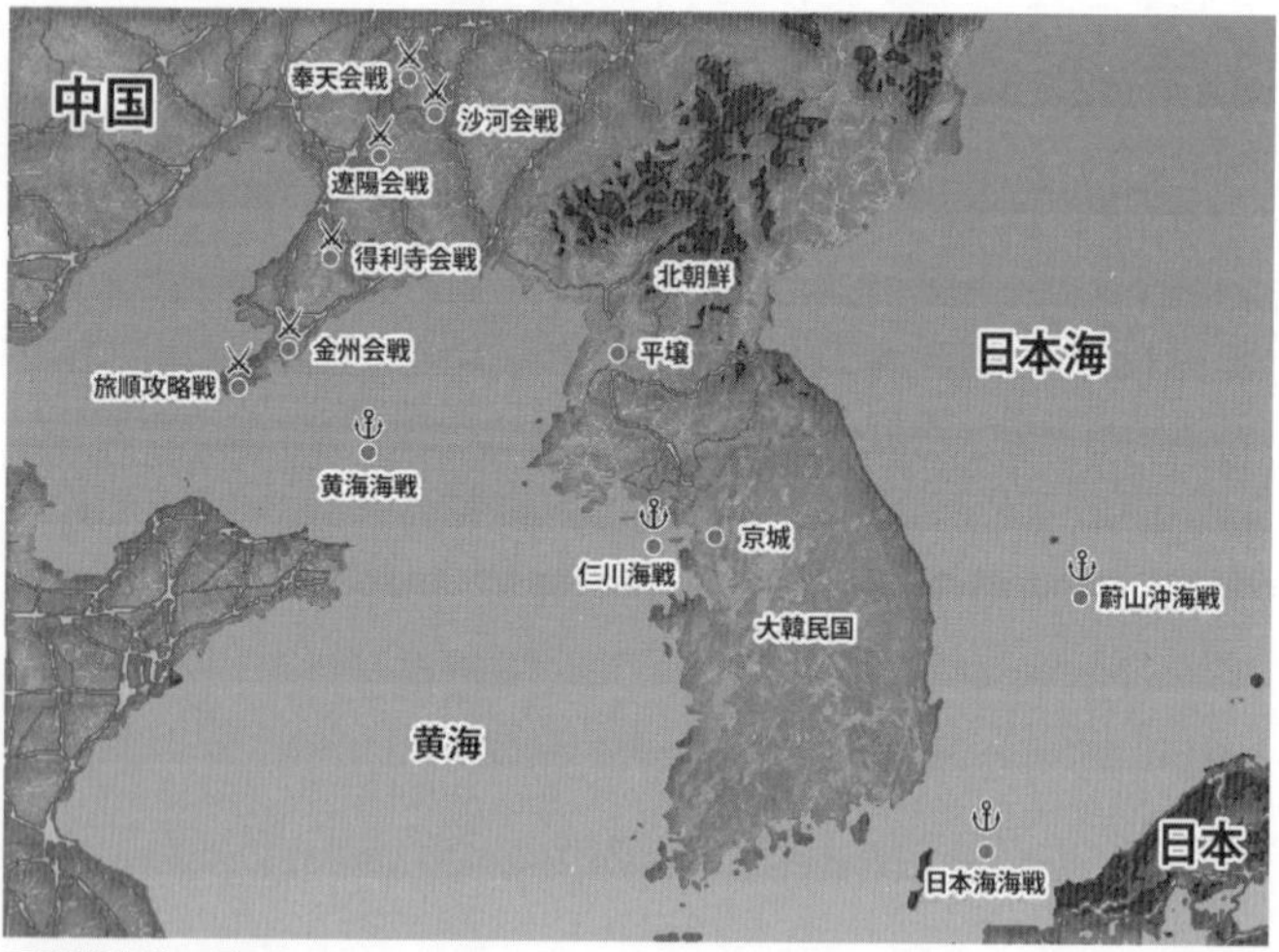
中国
奉天会戦
沙河会戦
遼陽会戦
得利寺会戦
金州会戦
旅順攻略戦
黄海海戦
北朝鮮
平壌
日本海
京城
仁川海戦
蔚山沖海戦
大韓民国
黄海
日本
日本海海戦
日露戦争地一覧図

二一　満州軍創設

スサノオ
「冴えん顔じゃの源太郎よ。それが大将になった男の顔か」

「大本営が朝鮮半島にでるかどうかで東京は騒動になっております」

「なんじゃ、そんなことか」

「大本営を朝鮮に移すとなると陛下が半島に来ることになり、海軍もこれを憂慮しています」

「細かい話よのう。戦わねばならぬ相手はロシアじゃぞ。身内で争ってなんとする」

「そうなれば山県のじいさんは指揮権を振るいたがることが目に見えております」

「では簡単じゃ。軍の指揮権を二つに分けることじゃ」

「指揮権を分けると?」

「そうじゃな。独立した『満州軍』を作ることじゃ。そうすればお前の指揮で戦える」

「それは妙案ですね。それならうるさい山県のじいさんも東京でおとなしくしていることでしょう」

源太郎の放った一の矢が遼東半島の付け根にあたる九連城を急襲し、二の矢が南山の会戦で勝利した同時期に日本国内で頭の痛いことが起こった。

一〇年前の日清戦争時に大本営は戦況のわかりづらい東京よりもむしろ、戦地に近い広島がよかろうという意見で広島城内に大本営が移動した経緯がある。

つまり日清戦争中の二年間広島は、日本の首都になった歴史がある。

同様に今回の日露の戦いも大本営を戦場に近い漢城か平壌に移すべきという案が山県有朋を中心に急遽持ち上がったのである。

そうなれば臨時的にも日本の首都はどちらかに移動し天皇陛下も移動することになる。

まして今回の戦いは日清戦争とは違い、広い満州の原野が主戦場になるのでより細かい作戦指導が必要となる。

しかも重要な局面で海底電線がロシア艦隊に切断されると、統率系統が孤立するのではという問題も提起された。

これを受けた海軍は、「わが艦隊はそんなロシア艦隊の暴挙を絶対に許さない」

として大本営の移動に反対し、ここに陸軍と海軍の意見が真っ二つに分かれたのであった。

ここで源太郎は悩んだ。

敵はロシアではなく、同じ日本国内にいるとすら感じたことであろう。

結果的には源太郎は海軍の意見に同調して、大本営の移動に反対したのであった。

さらに大本営とともに一緒にお出ましになる皇太子（後の大正天皇）には「満州の平野に殿下が来るのを待ち受けている馬賊どもがいますから危険です」とも伝えたという。

このような状況で源太郎が考えた案は、大本営を東京に置きながらの「出先機関の設置」であった。

おそらく名誉と肩書きだけが欲しい山県有朋さえ黙らせばなんとかなるという計算であったのであろう。

その結果、得利寺の会戦直後の六月二〇日に生まれたのが「満州軍総司令部」であった。

これは戦線の移動に伴い移動する司令部で、トップの司令官が大山巌、参謀長を源太郎が担うことになった。

お飾りに祭り上げられた東京の大本営は参謀長が山県有朋、参謀次長に源太郎と同郷で山県を押さえられると踏んだ長岡外史がこれを担うことになった。

まさに体のいい「留守番役」である。

いずれにしても絶妙の折衷案でうまく陸軍内の軋轢を回避した源太郎であったが、参謀長となった以上は当然大山とともに外地へと赴かねばならなかった。

もっともこれは源太郎が最初から望んでいたことである。

六月二三日、源太郎を含む満州軍司令部は新橋駅から大勢の見送りを受けて出征したのであった。

旅情要塞攻撃の二カ月前のことである。

二二　第三軍　乃木希典

次に源太郎の放った「第三の矢」の話になる。

源太郎が多くの市民の見送りを受けて満洲に出征する日から少しさかのぼること、明治三七年（一九〇四年）六月六日、乃木希典大将率いる第三軍は、かつて奥大将率いる第二軍と同じ上陸地の遼東半島の塩大澳に上陸した。

第三軍の構成と出身地は以下である

司令官　乃木希典大将（長州）
参謀長　伊地知幸助（薩摩）
副参謀　大庭二郎中佐（長州）
第一師団　伏見宮貞愛親王中将（東京）
第九師団　大島久直中将（金沢）

第一一師団　土屋光春中将（善通寺）
旅順第二次総攻撃以降の増援は
第七師団　大迫尚敏中将（旭川）

であった。

要するに乃木の軍は東京と金沢と善通寺の師団で形成され、最後に兵が消耗したので旭川の師団が送り込まれることになった。

出征前の六月六日、長男の勝典が南山の戦いで戦死したことを乃木はすでに広島市内で知らされていた。

新聞でも報じられた乃木大将の不運を国民は厳粛な気持ちで聞いたという。

同日、乃木は源太郎らと共に陸軍大将に昇進したが、長男の戦死と自分の大将昇格を同じ日に接して複雑な思いだったことであろう。

広島・宇品港から出港して塩大墺に上陸した第三軍は、旅順攻略のために六月二六日から旅順半島に向けて進軍を開始した。

まさに奥大将の率いる第二軍が得利寺の戦いに勝ち、陸軍内に連勝の機運が高まるころのことである。

そんな中の行軍であったから旅順へ向かう将兵の足取りは軽かったであろう。

ましてや旅順要塞は、一〇年前に同じ司令官の乃木が一日で落としているからなおのことである。

どの兵の脳裏にもまさかの「地獄」が待ち受けているとは想像もしなかった。

しかしここに乃木が直面した不運が六つあった。

一　源太郎をして「旅順など竹矢来でも組んでおけばいい」と言わしめたほどに、参謀本部内では旅順要塞を安易に考えていたこと。
二　一〇年前の日清戦争時には乃木自身がわずか一日の戦闘で清兵が守る旅順要塞をいとも簡単に落としたこと。
三　緒戦で消費された砲弾の量が計算とは一桁違い、日本から送られる砲弾の量がまったく追いつかなかったこと。
四　バルチック艦隊回航という海軍の時間的要素を考えねばならなかったこと。
五　第二軍が南山の戦いで分断したロシア兵二個師団が旅順要塞に逃げこみ、当初より旅順要塞を守る兵力が増強したこと。

六　乃木　司令官を補佐する参謀長の伊地知が無能であるにも関わらず「砲の専門家」であるために誰も意見具申ができなかったこと。

慢性的に乃木は以上の六つの不運と戦うことになった。

つまりここに旅順要塞攻撃の悲劇の元凶があったのである。

※

ここで乃木に攻略を課せられた旅順要塞の歴史と概要を述べる。

一九世紀後期に清国は旅順に海軍・北洋艦隊の基地を置き、その防衛のために旅順を要塞化した。

日清戦争では乃木が率いる日本軍の猛攻撃を受け、一八九五年一一月下旬に「旅順口の戦い」となったが、清国軍の士気は極めて低くわずか一日間の戦闘で陥落した。

その後日本海軍は旅順軍港に旅順口根拠地を置いた。

日清戦争後の下関条約では賠償として遼東半島は日本に割譲されたが、ロシア・フランス・

ドイツの三国干渉の結果、清に返還された。

代わってロシア帝国が清から遼東半島を租借すると、旅順はロシア帝国海軍の太平洋艦隊の基地として使用されることになった。

この時に旅順要塞はロシア陸軍の手によってベトン（コンクリート）一〇〇万樽による外壁の強化と機関銃の導入など大規模な近代化が行われ、望台、二竜山堡塁、松樹山堡塁、東鶏冠山北堡塁など強力な陣地が設置されたのである。

また各々の陣地は地下の坑道で繋がっており、敵の攻撃で弱点ができるとすばやく兵を送り込み増兵と弾薬の補給が可能になっていた。

また仮に一箇所の防衛網が破られたとしてもそれを囲むように配置された魚の鱗のような砦が包囲して集中砲火を浴びせるシステムが構築されていた。

また強固なのはハード面だけではなく旅順要塞を指揮するコンドラチェンコ少将が工兵上がりの将官で、最初から要塞の構築に携わっており、さらにその部下思いの性格は兵からの嘱望も熱い優秀な指揮官であった。

すべての兵士は、自分たちの慕うコンドラチェンコのためなら死んでも要塞を死守しようという熱い意思を持っていたのである。

つまりハード、ソフトともに完璧な要塞に仕上がっていたのである。

しかし乃木はまだこの要塞の近代化の事実を知らなかった。

いずれにしても塩大墺に上陸した第三軍は少ない情報と弾薬しか与えられずにこのような鉄壁の旅順へと行軍するのであった。

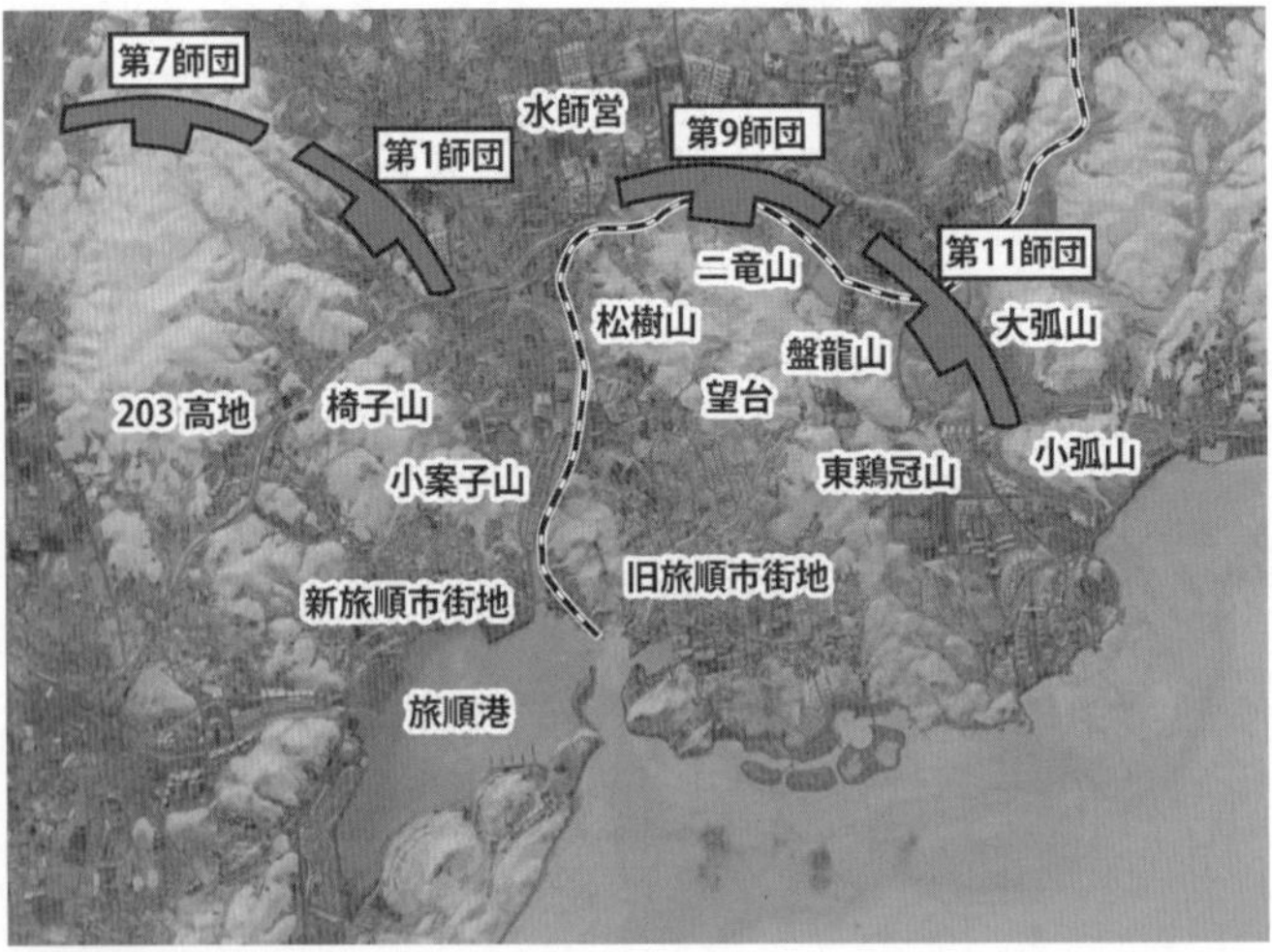

旅順攻略図

二三　旅順・大弧山

前哨戦

日本海軍はバルチック艦隊来航の懸念により一九〇四年七月一二日に伊東祐亨・海軍軍令部長から陸軍の山縣有朋・参謀総長に、旅順艦隊を旅順港より追い出すか壊滅させるよう正式に要請した。

余談ではあるが海軍のトップは「軍令部長」、陸軍のトップは「総参謀長」と呼び、同じ軍隊組織ではあるが呼称が違う。

※

旅順に到着して準備を整えた乃木の第三軍は七月二六日、手始めに旅順要塞の前線陣地への攻撃を開始した。

しかし旅順要塞を攻略する方針を固めることが遅れたため、各方面の情報収集が準備不足であった。

つまりロシア軍の強化した要塞設備に関する事前の最新情報はほとんどなく、戦闘に必要な「どの要塞から攻撃するのが一番効率がいいか」の判断材料が不足していたのである。「実際は現地を見てから判断しよう」という軽い気持ちであったのであろう。

そしてこの情報不足の中で行われた軍議の結果、緒戦の主目標は一番東にあたる「大孤山」とした。

この大孤山を巡っての戦いが長い旅順攻略戦の幕開けとなった。

旅順港が見える大孤山山頂を巡って三日間続いたこの戦闘で日本軍二八〇〇名、ロシア軍一五〇〇人の死傷者を出し、そしてついに三〇日にロシア軍は大孤山から撤退したのである。

このように前哨戦はかろうじて日本軍の勝利に終わったのであった。

続いて八月七日、海軍は黒井悌次郎中佐が率いる「海軍陸戦重砲隊」がこのたび占領した大孤山に観測所を設置し、旅順港へ一二センチ砲で砲撃を開始した。

この砲撃によって八月九日の朝に停泊中の主力艦、戦艦レトウィザンに命中弾を与えた。

またレトウィザンの直近に停泊していた艦船への命中弾は火薬庫に直撃して爆発を引き起こし、それがさらにレトウィザンに浸水被害を与えて大破を確認している。

八月一〇日、日本海軍の砲弾によって旅順艦隊に被害が出始めたことで、旅順艦隊司令ヴィトゲフトは、極東総督アレクセイエフの度重なる「ウラジオストクへの回航命令」に従い、しぶしぶ旅順港を出撃することになった。

ここに海軍側が陸軍に要請した「旅順艦隊を砲撃によって旅順港より追い出す」ことは達成されたのであった。

あとは湾外に退出した艦隊を仕留めるのは「海軍の仕事」である。

海軍の要望を満たしたここまでの乃木は上出来であった。

大本営も「さすがは乃木希典」と思ったことであろう。

しかしまさかこれ以降に日本史に名を残す「地獄」が待っているとは、大本営も第三軍の誰もが予想していなかった。

二四　黄海海戦

しかしせっかく陸軍が苦労して追い出した旅順艦隊を日本連合艦隊は結果として取り逃がしてしまうことになった。

八月一〇日、待ちかねていた東郷平八郎率いる連合艦隊は旅順港から出てくる旅順艦隊に遭遇した。

一二時三〇分、連合艦隊は旅順の西南二三海里の場所でこれを捕捉し砲撃を開始した。

しかしこの砲撃に対して旅順艦隊は一切反撃をせずに一路ウラジオストクへの逃走を始めたのであった。

逃がしてはなるまいと連合艦隊は旅順艦隊の前方七〇〇〇メートルで「T字戦法」によって航路をさえぎった。

すると今度はウラジオストク行きをあっさりと放棄して一八〇度ターンして旅順艦隊は元いた旅順港に引き揚げていったのだ。

日本艦隊は完全にウラをかかれた形となった。

一五時二〇分、連合艦隊はこれにやっと追いつき砲撃ができたのは、日没近くの一七時三〇分のことであった。

一八時四〇分、旗艦のツェザレヴィッチの艦橋に命中弾を与えヴィトゲフト司令が即死し、多くの幕僚たちが負傷したのであった。

秋山真之は戦後にこの運命の一弾を「怪弾」と称している。

さらにこの砲撃で操舵手が死んだまま舵輪の上に寄りかかり、旗艦は左に急旋回して艦隊の後続艦の列に突っ込んで艦隊は四分五裂となった。

この混乱に乗じてさらに別の艦に砲撃を加えてかなりの損傷を与えたが、致命傷を負わせることなく日没がきてしまったために結果として取り逃がしてしまった。

夜間も湾内に肉薄して水雷攻撃をしかけたが充分な効果はなかった。

以上が「黄海海戦」の戦いの概要である。

「黄海海戦」で二度に亘り旅順艦隊と砲撃戦を行う機会を得つつも、駆逐艦の一隻も沈没せしめることなく薄暮に至り見失い、旅順港への帰還を許してしまう結果となった。

要するにせっかく巣から出てきた獲物を取り逃がし、また元の巣に戻してしまったのである。

この原因は「ウラジオストクに逃げ込む」という敵艦隊の意志を察知して先回りの「通せんぼ」を行なったために裏をかかれて旅順に戻ってしまったのだ。

この苦い教訓が後の日本海海戦に活かされる事となる。

しかし逃したものの、帰港した艦艇のほとんどは日本海軍の砲撃により、上部構造を大きく破壊され旅順港の簡易設備では修理ができない状況だったという。

最も損害が軽微だった戦艦セヴァストーポリだけは外洋航行可能にまで修理されたが、旅順艦隊はその戦闘力をほぼ喪失していた。

しかし不運なことに日本海軍はこの事実を知らなかった。

ロシア側は帰港後、各艦艇は大孤山山頂から観測されないよう、死角に当たる狭く浅い湾内東部に停泊させて砲撃を避けるようにしたのである。

歴史に「もし」は禁句であるが、もし黄海海戦で日本艦隊が旅順艦隊を撃滅していたなら、乃木の第三軍はその後の悲惨な旅順要塞攻撃は必要なかったはずで、ほとんど無傷のまま「奉天会戦」に臨めたはずである。

もちろん多くの死なくてもいい将兵の命が救われたことであろう。

❖コラム③ 徳山 その一

この辺りで児玉源太郎がこの世に生を受けた徳山という街の現在について述べたい。

咄嗟に「徳山」と聞いて、日本地図の上ですぐに指をさせる人が一体何人いることであろうか？

徳山は山口県の広島寄りに位置する岩国市の左隣にある地方都市である。

地理が得意な方ですら山口県の都市を列挙させても下関・山口・萩・岩国・宇部・防府と徳山の名前はなかなか出てこないのではあるまいか。

いずれにしてもそのくらいの知名度の都市に児玉源太郎は生まれたのであった。

本書の取材のために関西から下りの新幹線に乗り徳山駅に向かう。

徳山駅はのぞみが一日に数回しか止まらない駅なので広島駅にてこだまに乗り換えることになる。

広島駅ホームに入ってきた「こだま」に乗って児玉源太郎の取材に行く。なにか歓迎されたようで少し愉快な気持ちになった。

広島駅の次の新岩国駅を通過した列車のアナウンスが

「皆様まもなく徳山駅に到着します」

と告げて減速するあたりから左手方向に太陽

に反射する瀬戸内海に面して煙を吐き林立する煙突や大きな石油タンク群が目に飛び込んでくる。

これはかつて「東洋一の燃料庫」といわれた旧日本帝国海軍の徳山燃料廠の跡地に立てられた出光興産の巨大な石油貯蔵・精製施設である。

石油タンクの壁面に描かれた見慣れた出光のマークが読めるころには列車はゆるやかにスピードを落とし始めて徳山駅での降車客たちがそろそろ立ち上がって荷物をまとめて下車の準備を始める。

※

山口県徳山市はかつて二〇〇三年四月の「平成の大合併」によって周辺の二市二町と統合合併されて現在は周南市と呼ばれている人口約一五万人の街である。

総人口二〇〇万人の山口県内の中では人口の多い順に、下関市（二六万人）山口市（二〇万人）宇部市（一七万人）周南市（一五万人）と四番目の都市になる。

合併以前は徳山市と呼ばれており人口は一〇万四〇〇〇人の石油精製を中心とする重化学工業関連企業群の城下町であった。

この地で営業をする企業は前述の出光興産をはじめとしてトクヤマ東ソー、日本精鑞、日新製鋼など日本を代表する有名化学企業が名を連ねる街である。

一八九七年（明治三〇年）に山陽鉄道が広島から徳山まで開通したときにも最終駅として栄え、徳山港から下関・九州・四国などの多くの港までの船便が多数往来した物流の拠点でもあった由緒ある街である。

　現在でも徳山に住む年配の方々は「周南市」と呼ばれるよりも「徳山市」と呼ばれるほうを好み、この地名に誇りと愛着を持っているそうである。

　生粋の江戸生まれの家系の方が「東京人」と呼ばれるより「江戸っ子」と呼ばれるほうのを好むのと同じ感覚であろう。

　実は私は二〇〇六年に著わした「戦艦大和が沈んだ日　四月七日」の取材で過去徳山市時代にこの街を何度か訪れているので今回の訪問は非常に懐かしく感じた次第である。

※

　一九四五年四月五日太平洋戦争末期、沖縄に侵攻する多数の空母・戦艦を有するアメリカ海軍を阻止すべく海軍大本営司令部から広島県呉市に停泊していた戦艦大和に乗艦する伊藤整一司令長官に菊水作戦が発令された。

　日本海軍の「最後の艦隊」の旗艦となった戦艦大和は第二艦隊と称されて巡洋艦矢矧と駆逐艦一〇隻を伴い、決死の沖縄特攻に必要な燃料補給のために徳山の海軍燃料廠に立ち寄っている。

　よく一般的には「戦艦大和は片道分の燃料で沖縄特攻に行った」と言われているが、実際はここ徳山の海軍燃料廠の小林大尉による「今から死にに行くやつに『腹一杯飯を食わずに行け！』とはなにごとか！　命令違反おおいに結構、大和に目いっぱい燃料を入れてやるように！」との一言で石油タンクに備蓄してあったB重油を沖縄までの一往復半の量を給油したのがどうやら史実らしい。

また沖縄への出撃を前にして、つい一週間前に江田島の海軍兵学校を卒業したばかりの新米士官たちを伊藤司令長官の「貴様たちがいては戦闘の足手まといになるから退艦せよ」という慈悲の言葉の元に約一〇〇人ほどの見習い士官が泣きながら退艦させられたのもこの徳山港での出来事である。

大和から泣きながら駆逐艦に退避させられた若い士官の中には、アンデルセングループの高木社長のように戦後日本の経済界で大活躍した方を多く輩出したことは伊藤司令長官の慧眼によるものであろう。

その当時、取材したときの徳山港や岸壁の風景など懐かしい記憶を思い出しながら再び徳山駅の北側出口に降りたった。

方角的には瀬戸内海を背にして北へ向いて街をながめる格好になる。

徳山駅の右手には商店街の大きなアーケードが見え、正面には駅前ロータリーの先に銀杏並木の大通りが山腹に向かってゆるやかなスロープを形成している。

秋にもなれば黄色に染まったイチョウ並木がさぞや綺麗なことであろう。

左手は市内各所に通じるバスの停留所があり、その先は今日の宿であるホテルを含むオフィス街や住宅街が続く。

ざっと見て学生服を着た集団が複数見受けら

れる以外は人影はまばらであり、近代的な駅や街の規模に対しては少し閑散なイメージを受ける。

前回来たときはかつての海軍燃料廠周りの取材が目的であったために瀬戸内海側に降り立ったので、第一印象は石油の精製所の煙突から出る煙で「殺伐とした工場と石油の街」であったが北側に降りた今回の印象は「こじんまりとした可愛らしい街」であった。

神戸出身の私の率直な感想は徳山はずばり「ミニ神戸」である。

神戸をイメージしたもうひとつの理由は、ゆるやかな山腹に日本酒の大きな看板が目についたからである。

おそらく徳山も水が綺麗なのであろうか、複数の清酒メーカーの看板を読むことができる。

神戸の街はご存知のように標高約一〇〇〇メートルの六甲山を背に、なだらかな丘陵地に住宅街が広がり海にいたるまでに新幹線、阪急線、JR鉄、国道二号線、阪神線が並んで走り海岸の埋立地には神戸製鋼の製鉄所と煙を吐く煙突群が林立し港には三菱重工や川崎重工の造船所のクレーン群が見える重工業の街である。

徳山は神戸という街を山の高さを半分にして南北と東西をコンパクトにした街であるというのが私の印象であった。

二五　旅順総攻撃

スサノオ
「いよいよ戦がはじまったようじゃの、源太郎」

「スサノオ様、初戦は勝ちましたが海軍に要請された旅順攻撃が気がかりであります」

「旅順か……今日は少し悪い知らせになる」

「悪い知らせと言いますと？」

「お前たちが考えているほど旅順は甘くない」

「しかし一〇年前の日清戦争では、乃木の部隊がわずか一日でおとせましたが」

「おそらくこの旅順こそが日露戦の勝負の分かれ目になる」

「それほどまでに困難が待っているのですか？」

「困難などという生易しいものではない。幾万という命がここで断たれることになる」

「乃木の第三軍がそのようなことになるとは……」

「ああ、くれぐれも気を抜くでないぞ」

「承知しました」

※

ここからは良くも悪くも、乃木の名前を有名にした「旅順の戦い」になる。

旅順の戦いは都合三回の総攻撃が行われ、最後の攻撃が名高い「二〇三高地」の争奪戦となる。

第一回総攻撃（明治三七年八月一九日〜二四日）

総攻撃を前に第三軍は、戦況判断が早くできるように軍司令部を柳樹房から前線に近い鳳凰山東南高地に進出させた。

さらに団山子東北高地に戦闘指揮所を設け、戦闘の状況を逐一把握できるようにした。

ここは激戦地となった東鶏冠山保塁から三キロという場所で、しばしば敵弾に見舞われる危険な場所であったが敵地観測の利点により以降、攻囲戦は主にここで指揮が取られることになった。

八月一八日深夜、第三軍（参加兵力五万一千人、火砲三八〇門）の各師団は其々目標とされる敵陣地の射程圏ぎりぎりまで接近し、明日の総攻撃に備えた。

翌八月一九日、各正面において早朝より準備射撃が始まる。

当初ロシア側は日本の砲兵陣地の位置を正確に把握できておらず、反撃も散漫だったがやがて本格的になり、この日は両軍合わせて五〇〇門の火砲で撃ち合う激しい戦闘となった。

ゴウゴウと遠雷のような火砲の音は、終始途切れることがなかった。

乃木も午後一時に双台溝の二三六高地に実際に登り、戦況を視察している。

ロシア軍ではこの砲撃で松樹山、二龍山、盤龍山、東鶏冠山、小案子、白銀山、望台の各保塁・砲台に大損害が出ており、東鶏冠山第二保塁では弾薬庫が爆発して守備兵が全滅し、二龍山保塁では主要火砲の六インチ砲がすべて破壊された。

こうした光景を目の当たりにして、日本軍前線の将兵の士気は大きく高まったという。

都合二日間の砲撃戦の後、二一日に第三軍は歩兵による総攻撃を開始した。

二二日午前〇時、各隊は一斉に夜襲をかけるが、ロシア軍は探照灯や照明弾で周囲を明るく照らし機関銃を乱射してそれを阻んだ。

その後戦闘は明るくなっても続き、後備歩兵第八連隊が増援、午前一〇時頃、盤龍山東堡塁の占領になんとか成功。午後八時には西堡塁も占領した。

望台への攻撃

翌二三日、乃木は占領した盤龍山堡塁を起点として「望台」への攻撃を命じた。

望台は旅順要塞の中でもっとも標高の高い地点であり、ここを落とすと旅順港や旅順市街が一望のもとに見渡せる最重要攻略地点であった。

しかし盤龍山堡塁を占領する第九師団の戦力は予備兵力を含めても約一〇〇〇人に激減しており、第一師団から歩兵第一五連隊を応援に回し、第一一師団も東鶏冠山堡塁への攻撃で疲弊した歩兵第一〇旅団を応援に出すことになる。

翌二四日午前二時より戦力が整った各隊は、再度攻撃を開始した。

しかしこれらの突入も情報を事前に察知していたステッセル中将の指示で準備を整えていたロシア軍の反撃にあい、各隊は死傷者が続出した。

午前七時、最後の予備兵力の歩兵第一二連隊第一大隊が投入されるが、要塞からの砲撃が激しく突撃は延期された。

二四日午後五時、乃木は各隊の被害状況を聞いた後に総攻撃の中止を決断。各隊にこれを指示した。

「第一回旅順総攻撃」と呼ばれたこの攻撃で日本軍は戦死五〇一七人、負傷一〇八四三人という大損害を蒙り、対するロシア軍の被害は戦死一五〇〇人、負傷四五〇〇人だった。

完敗である。

第三軍はこの一回の総攻撃だけでほぼ一個師団分の損害を出したことになる。

つまり三つの師団で形成される第三軍は三分の一を数日間のうちに失ったことになる。

この頃からロシア軍側は、戦力の増強として旅順港内に逼塞した太平洋艦隊の海軍将兵で複数の中隊単位の陸戦隊を編成し、艦船の中小口径砲の一部も陸揚げして陸軍部隊の増援を図った。

二六　遼陽会戦

スサノオ
「いよいよ遼陽まで攻め上がってきたようじゃな」

「はい、世界中が見守る会戦がまさに今始まります」

「相手のクロパトキンは無理に攻める戦法を嫌う男じゃ。数では負けておるが果敢に攻めるがよい」

「旅順の乃木がいてくれたら数は優勢で戦えたものを、未だに旅順に釘付けになっています」

「無いものをねだっても仕方ない。戦場ではあるもので戦うしかない」

「勝てますでしょうか？」

「苦戦するが最後は勝利できる。突破されるリスクを負ってでも薄皮でロシア軍を包むように攻めるのじゃ」

※

旅順がこのような惨状の中、源太郎率いる日本陸軍は八月にほぼ遼陽に集結し、南下してくるロシア軍に正対して東から第一、第四、第二軍を展開し終えていた。

当時の概念で「会戦」という定義はおよそ両軍が想定した場所に、両サイドから集結して輸送していた人員と弾薬が揃い次第に大規模な戦闘を開始することを指す。

源太郎がこの地に引き連れた戦力は約一三万人、かたやロシア側は約一六万人、双方合わせて約三〇万人の人間同士がまさに遼陽の地で戦わんとしていた。

大口径砲、機関銃などの近代兵器を揃えてのこの人数の戦いは、おそらく近代史で初めての会戦である。

そのため両軍には各国から多くの観戦武官たちが、「戦いの帰趨」を見学するために参加した。

源太郎は第三軍の「旅順第一次総攻撃の失敗」と「一個師団にあたる兵の喪失」という暗い情報を得た直後に「三本の矢」を携えてロシア軍と対面していた。

この後、一〇日間の世に言う「遼陽会戦」がいよいよ始まろうとしていた。

遼陽会戦　一九〇四年八月二四日～九月四日
戦力
日本　　一二五〇〇〇人
ロシア　一五八〇〇〇人
死傷者
日本　　二三六一五人
ロシア　一七九〇〇人

まずは黒木大将率いる第一軍が東に大きく迂回し、ロシア軍を側撃する作戦計画であった。

この戦い直前の八月三日、秋山好古率いる騎兵第一旅団は、敵情の偵察を行うように命じられ、遼陽会戦前まで騎馬を長躯して敵情の偵察任務に赴いた。

この秋山少将率いる部隊は日本で初めて騎兵を組織

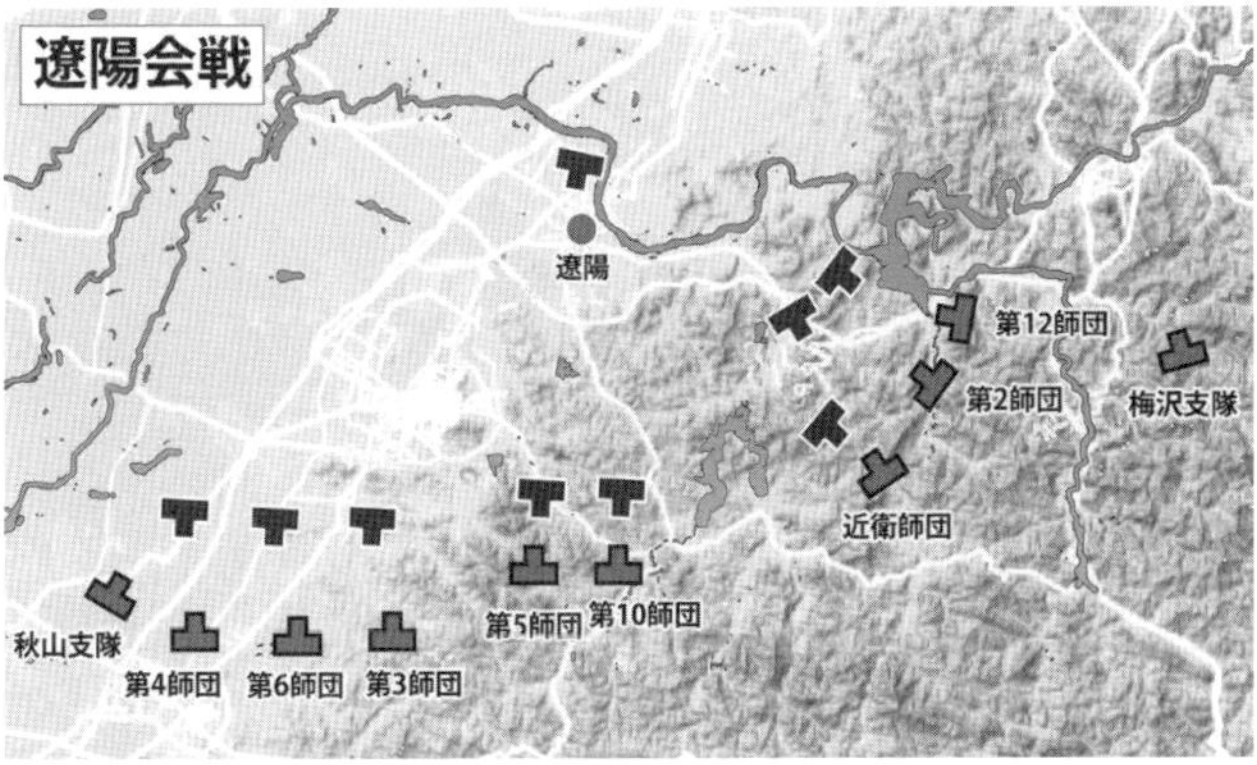

遼陽会戦

した騎兵第一旅団を中心とし、そのほかに歩兵第三八連隊、野砲兵第一四連隊、騎砲兵中隊、工兵第四大隊第三中隊の複合型集団を構成しており、独立したこの戦力を「秋山支隊」と呼んだ。

現代戦でいう機甲師団すなわち「戦車部隊」である。

八月二四日、第一軍は紅沙嶺へ進攻し、同日午後には弓張嶺において第二師団が白兵での夜襲を敢行してロシア軍を駆逐し、第一線陣地であった同地を撤退させることに成功。

ここに遼陽会戦の火蓋が切って落とされた。

二五日奥大将が率いる第二軍も進撃を開始し、正面のロシア軍を後退させる。

二八日には源太郎は第二軍に標高二〇九メートルの高地でもある「首山堡陣地」の攻略を命じた。

三〇日には陣地への攻撃を開始するが、多くの兵の損害を出しながら戦況は行き詰まる。

たかだか二〇〇メートルの山がなかなか落ちない。

三〇日深夜には第一軍が連刀湾から太子江を渡河して遼陽を迂回し、梅澤旅団とともにロシア軍第二陣地を攻撃。

つまり正面の第二軍と連携して挟撃の体制をとったのである。

何度も言うようであるが当時の陸地の会戦というのはお互いに将棋の駒のように、二列で正対してスタートするが「薄い餃子の皮」のように相手を包み込めば勝ちという考え方が主流であった。

当然相手も同じことを考えている。

もちろん一番難関である主力の正面部隊が突破できれば、そこから右と左とともに囲いこみ、うまくいけば餃子が二個できることになる。

この動きに対してロシア側は第一軍の側撃を予期していたものの、偵察の不備もあり日本軍の行動を捕捉できず、各軍団からの増派部隊で応戦した。

第一軍は饅頭山を確保し、主力戦ではロシア側の兵力抽出の影響もあり、九月一日にはついに難攻不落とされた首山堡を確保することができた。

九月四日、クロパトキンは退路の遮断を恐れ、全線に奉天への撤退を指令した。

源太郎は追撃を命令したが弾薬の消費量が予想以上で残弾が無いことと、兵力消耗や連戦の疲労もあり追撃は行わなかった。

遼陽会戦はクロパトキンの退却により日本軍の勝利に終わり、源太郎は遼陽入城を果たした。

しかし遼陽駅を放火後撤退したクロパトキンはこれをあくまでも「戦略的後退」であると主張し、世界中に対して両軍が勝利宣言を行う奇妙なこととなった。

死傷者は日本側が二三五〇〇人、ロシア側が二万人あまりで、両軍あわせて四万人以上にのぼった。

日本軍では、八月三一日に遼陽会戦の首山堡争奪において、橘周太《たちばなしゅうた》第一大隊長が戦死した。長崎県出身の橘少佐は、海軍における旅順口閉塞作戦において戦死した広瀬武夫少佐とならび、戦後に軍神とされた。

海軍から一人、陸軍から一人の軍神としてバランスを取ったのである。

いずれにしても源太郎は、苦戦している旅順のことが頭の片隅に残るもののロシア軍との最初の大会戦に勝利を収めることができたのであった。

全兵士の一〇パーセントもの死傷者を出さねばならないほどの苦戦ではあったが、源太郎にとってはひとつ悩みの種が消えたことになった。

二七　児玉の「皿回し」

このころの源太郎の頭の中は、わかりやすく言えば「二つの皿回し」状態であった。

一つでも難しい曲芸の皿回しを同時に二ヶ所で行わねばならなかったからだ。

満洲軍参謀長の児玉の仕事は、「旅順」と「満州平野」という二つの皿を器用に同時に落ちないように回し続けなくてはならない。

まさに至難の技だ。

しかも遼陽の戦いに勝ち、満州平野の連勝が続くということは北に進軍するので、この二箇所の皿の位置がどんどん離れていくという焦燥感もあった。

さらに二つの皿を落ちないように回し続けるための必要な弾薬、及び兵士の補充が心もとない状況も頭痛の種であった。

日露戦争当時の砲弾は大阪城の隣にある大阪砲兵工廠で製造されていた。

しかしここに大きな誤算があった。

大阪砲兵工廠で生産される砲弾の数が、開戦前に大本営が試算した量と桁がひとつ違っていたからである。

一〇年前の日清戦争で使われた全砲弾量がなんと一回の会戦で消費されたのだ。

大本営は近代戦における砲弾の大量消費を全く理解していなかった。

この砲弾不足の事態にあわてて同盟国のイギリスに注文する始末である。

これにはさすがの源太郎も滅入ったことであろう。

まさに「泥棒を捕らえて縄をなう」ような状況であった。

「せめて旅順さえ落ちてくれたらのう。これではもう一人ワシが必要じゃわい……」

さすがの源太郎もため息をついた。

まさに今、旅順の皿がゆっくりと回転を止めて落ちそうになっている。

二八　第二回　旅順総攻撃

第二回旅順総攻撃　前半戦　（明治三七年九月一九日〜二二日）
このころの要塞戦には二つの戦法があった。
一　兵士の数と勇気に頼った「強襲法」
二　塹壕を掘って地下から要塞に近づき爆破して突破する「正攻法」

もちろんどちらを採用するかは、司令官の乃木希典の判断次第である。

※

正攻法への変更
第三軍は第一回総攻撃を歩兵の勇気と忠誠心に頼った「突撃による強襲法」で行ったが、全兵力の三分の一を失うという完敗であったことはすでに述べた。

しかしこれは砲弾数不足で十分な支援砲撃ができない状況下で、大本営からの「速やかなる早期攻略」という無理な要請に応えようとしたためであった。

その結果、目標の望台には表皮一枚すら傷をつけられず、まったく歯が立たないままいたずらに兵力に大損害を被った。

この反省から乃木は攻撃方法を再考し、塹壕を掘って地下からの攻撃を目論む正攻法へ考えを改めたのである。

具体的には占領した「盤龍山東西堡塁から要塞前面」ぎりぎりまで塹壕を掘り進み進撃路を確保し、歩兵の進撃の際は十分に支援砲撃を行う方式である。

そのために乃木は麾下の参謀に土壌や地質、地形や敵情などの調査と、それに基づく作戦立案をすみやかに指示したのであった。

八月三〇日、軍司令部に各師団の参謀長と工兵大隊長、攻城砲兵司令部の参謀などを招集し、正攻法への変更を図る会議を行った。

しかし前線部隊は、砲弾不足などを理由に「強襲法継続」の主張が強かった。

この会議は六時間に及んだが、最終的には乃木の決断で「正攻法」に変更する事になり、九月一日よりロシア軍に近接するための塹壕建設を開始した。

対するロシア側も盤龍山堡塁を奪われたのはかなりの痛手だったようである。

八月三〇日にロシア軍はコンドラチェンコ少将の独断により盤竜山を奪い返そうと攻撃を行ったが、日本軍の反撃を受け攻撃兵力の三割を失い失敗した。

九月一五日、第三軍はトンネル建設に目途が立ち、兵員と弾薬も充分ではないものの補充できた。

乃木は一七日に各部隊に指示し、部分的攻撃を一九日に開始するよう命令した。

今回は第一師団、第九師団が攻撃を担当し、第一一師団は前面の敵の牽制を担った。

二九　第一師団（東京）の攻撃

九月一九日午前八時四五分、攻城砲兵は敵牽制の砲撃を開始。午後一時には攻略目標である龍眼北方、水師営両堡塁に砲撃を集中した。

午後五時頃、第一師団左翼隊は水師営第一堡塁への突撃を開始した。

今までとは違い、兵の消耗を鑑みて突撃の前に砲撃で「充分な地ならし」をしてからの進軍が展開された。

しかしこの突撃は外壕の突破に手間取り、大損害を被る結果となった。

中央隊（歩兵第一旅団）は順調に進撃し、目標の海鼠山の北角を占領することに成功した。

右翼隊はこの攻撃以降、海軍の要請によって新たに目標に加えられた二〇三高地攻撃を任される。

しかしここでも敵の猛射を浴びて大損害を被ってしまう。

この海軍の要請に応えた中途半端な「二〇三高地攻撃」が結果として藪蛇となってしまう

のであった。

つまりこの時点で、ロシア側はこの高地の重要性に気づいていなかったのであるが、日本側の攻撃により「旅順港すべてを俯瞰できること」を知ったためにこの後、さらに火器を補充して難攻不落の陣地と化してしまったのだ。

しかし不用意に「寝た子を起こしてしまった」ことを乃木はまだ知らなかった。

※

二〇日、苦戦する左翼隊に第九師団が龍眼北方堡塁の占領に成功したという一報が入る。奮起した同隊は第四堡塁へ突撃を敢行しこれを占領、更に攻城砲兵が第一堡塁へ砲撃を開始し敵は沈黙、午前一一時には水師営の全堡塁は日本軍の手に落ちた。

中央隊も山頂付近で壮絶な白兵戦をしつつも午後五時には海鼠山を占領した。

しかし二〇三高地攻略は容易ではなく、なんとか山頂の一角を占領しつつも直後にロシア軍の大逆襲が始まり、午前五時には山頂を奪われたばかりか第二線も奪われ、後備歩兵第一六連隊長も負傷した。

その後第一師団は師団砲兵の総力を挙げて二〇三高地を砲撃し、前線に幾度となく増援を送るも道中で敵陣地からの攻撃を受け、前線に辿り着いた者はいなかった。
突撃は翌二一日も行われたが全く効果がなく、結局は攻撃を断念する。
担当した右翼隊の残存兵力は三一〇人にまで激減していた。

三〇　第九師団（金沢）の攻撃

かつて一九八〇年に公開された東映映画「二〇三高地」は、この第九師団を中心に描かれている。

主人公のあおい輝彦は金沢の小学校教師で少尉として任官、面倒見のいい小隊長役を演じていた。

主に石川県と福井県から招集されたこの師団は日本の陸軍の中でも「勇猛果敢」で知られていた部隊である。

同師団は右翼隊（歩兵第一八旅団）の歩兵第一九連隊が龍眼北方堡塁正面を、歩兵第三六連隊が同堡塁の咽喉部と背後の交通壕への攻撃を行う。

しかしここでも要塞側の反撃で大損害を受けることになる。

単純に何回も同じ突撃進路を進む日本兵は、機関砲の「格好の餌食」となってしまったのであった。

無策な命令によって敵弾に倒れた友軍の死体を乗り越えていく兵士の気持ちは、いかばかりなものであったろうか。

しかし翌二〇日、攻城砲兵の支援砲撃を開始すると堡塁は瞬く間に抵抗力を失い、午前五時には攻略に成功した。

三一　二八センチ榴弾砲

少し話がさかのぼる。

前回の第一回総攻撃が失敗に終わった後、海軍軍令部の要請で東京湾要塞および芸予要塞に配備されていた旧式の対艦攻撃用「二八センチ榴弾砲」が戦線に投入されることになった。

いわゆる「艦隊攻撃用」に製造された砲で、バルチック艦隊が日本近海に現れた場合の対策として日本の沿岸の要所に配備されていた。

名前の通り口径が二八センチもある陸軍から見たらまさに「化け物」の砲である。

海軍の連合艦隊の旗艦三笠の主砲が当時世界最大の三〇センチであったのでそれに匹敵するような砲である。

二八センチ榴弾砲

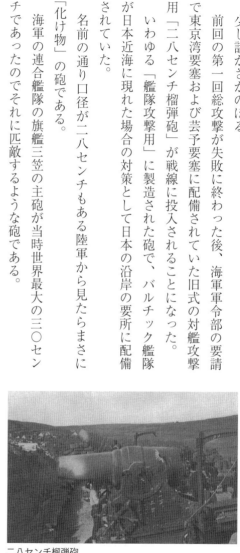

この砲は砲身部の重量だけで一一トンもあり、陸軍の山砲や野砲のように気軽に移動できるシロモノではなかった。

しかし六八度まで仰角を上げることができ、射程距離は八〇〇〇メートルであったので要塞のある山越えで旅順港への攻撃が可能であった。

八〇〇〇メートルの射程距離ということは、充分に旅順要塞を飛び越えて湾内に逃げ込んだ旅順艦隊を砲撃、撃破することができる。

また砲弾の種類も特殊で本来は艦隊戦用の榴弾砲なので、陸軍の山砲や野砲とは違い敵艦の厚い装甲を貫き艦内で爆発するので爆沈、擱座《かくざ》まで期待できた。

名作『坂の上の雲』では砲の専門家である伊地知参謀が海軍に対して「送るに及ばず」と言ったそうであるが、この言葉は定かではない。

伊地知は砲の専門家であったがゆえに二八センチ榴弾砲の「移動の困難さ」を熟知していたから出た言葉であろう。

通常この巨砲はコンクリートで砲架（砲の台座のこと）を固定しているため陸上の戦地に設置するのは困難とされていたが、これらの懸念は工兵の努力によって克服され時間短縮された。

さらに伊地知が海軍に断った理由に「海軍に借り」を作るのを嫌ったからとも言われている。

これが本当であれば極めて了見の狭い話である。

しかし伊地知の予想に反して早期に設置された二八センチ榴弾砲は一〇月一日、旧市街地と港湾部に対して砲撃を開始。

二〇日には占領した海鼠山を観測点として湾内の艦船にも命中弾を与え、多くの損害をもたらしたのである。

しかし旅順艦隊自身は黄海海戦ですでに戦力を喪失しており、この砲撃も劇的な戦果をもたらしたわけではなかったが、要塞攻撃にも効果ありと判断し砲を増やしていき最終的に一八門が投入された。

極論すると旅順要塞攻撃は皮肉にも砲の専門家である伊地知の嫌ったこの二八センチ榴弾砲によって落とせたようなものである。

三二　砲弾不足

三日間におよぶ第二回総攻撃前半戦での損害は
日本軍は戦死九二四人、負傷三九二五人。

ロシア軍は戦死約六〇〇人、負傷約二二〇〇人だった。

数字だけで見ても「負け」であるが、攻撃目標を落とせなかったという戦術的にも完敗であった。

乃木は次回のさらなる攻撃を企図していたが、ここに深刻な問題が露呈した。

玉切れであった。

当時は二八センチ榴弾砲の追加送付分が準備出来る一〇月二七日頃を次回の総攻撃の日と考えていたが、各砲の砲弾不足が深刻化し始めていた。

乃木は大本営に一門につき三〇〇発の砲弾の補給を要請した（ちなみに当時要塞を落とす際に必要な砲弾数は一門につき一〇〇〇発が基本的な数だった）が、補給を受ける事は出来なかった。

大本営はすべての砲弾の製造を大阪砲兵工廠に注文していたが、資材と生産ラインが現地の消費量に間に合わず、同盟国イギリスに発注せざるを得ない状態に追い込まれた。

また悪いニュースは重なるもので、一〇月一六日にはロシア第二太平洋艦隊（通称　バルチック艦隊）がリバウ港を出航したという急報が入ってきた。

この事を受け、乃木は砲弾不足を承知で第二次総攻撃となる後半戦を行わざるを得ない状況下におかれた。

日本軍にとって「時は味方しない」という現実と、旅順の皿が今にも落ちそうな状況を見て源太郎は今更ながら旅順に対する認識の甘さを痛感するのであった。

一方で、もう一枚の皿である満州軍は北進して重要拠点である沙河の近くまで進軍していた。

❖コラム④ 徳山 その二

駅前のホテルに荷物を置いたあと、おそらく児玉源太郎が毎日歩いたであろうこの街の探索をおこなった。

標高四〇〇メートルくらいであろうか、穏やかな山並みがこの南北三キロメートル、東西五キロメートルのコンパクトな街を見下ろしている風景を見て「この街が若き日の源太郎を育んだ街か」と目を閉じて一五〇年前を想像しながら歩みを進めることにした。

前述の駅前から伸びる銀杏並木に沿って

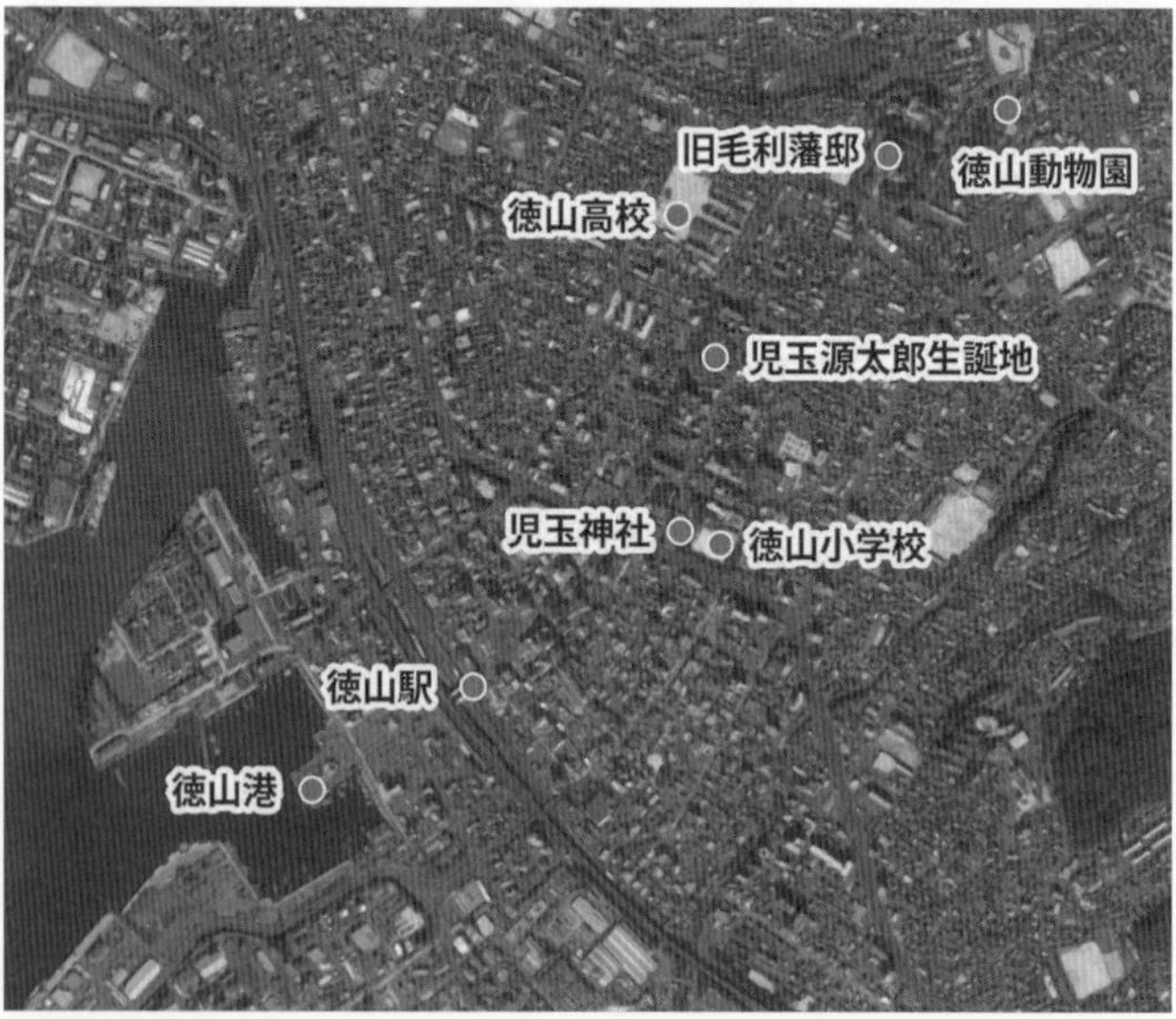

徳山市街地図

なだらかな坂を上ると「毛利町」というかつての藩主の名前を冠した地名に出くわした。

さらにその坂を上りきると昔は広大な毛利藩邸があったとされる徳山動物園という案内表示が見えてきた。

徳山動物園は北部エリアと南部エリアに分かれており周南市内はもとより山口県内から多くの観光客や児童を集客する五〇ヘクタールの広大な土地を持つ動物園である。

この時も近くの幼稚園児であろうか、緑の帽子をかぶったたくさんの子どもたちが見学に来ていた。

さらにこの動物園の上にゴルフの練習場がある。標高は一〇〇メートルくらいであろうか。高台にあるこの場所からは眼下に煙を吐く重化学工業地帯の徳山の街がすべて俯瞰できた。

もう一度山を降りてくると先ほどの動物園の西隣には一際目立つ建物がある。

この建物は周南市文化会館というそうで、なんでも「西日本一の音響舞台設備」を備えているらしい。

その設備のよさのため日本中から年中、有名な歌手や楽団が来てコンサート会場として使われ多くの観客が集まるのが徳山市民の誇りであると聞いた。

今度はその自慢の周南市文化会館を右に見ながらゆっくりと坂を下りていく。

かつてはこの坂を藩邸を目指して多くの武士たちが上り下りをしたことであろうと想像すると感無量であった。

大きな通りを越えると綺麗に碁盤目のように区画された地域に入る。

おそらくは徳川時代は武家屋敷であったろうと思われるような昔風のたたずまいの家が散在する中にも新しいマンションやレストランが目に付く。

次に大きな通り面したときに小学校があり、休み時間であろうか大勢の子どもたちの元気のいい声が聞こえてきた。

校門を見ると「徳山小学校」と書いてある。

この徳山小学校のすぐ横に今回の目的地のひとつである児玉公園があった。このあたりの町名を児玉町という。

公園の中には子どもたちが遊べる大きな広場と簡単な遊具が設置してあり、一番南側に軍帽を脱いでりりしく立つ児玉源太郎の銅像があった。

公園の北側にある階段を上がったところに大正一一年に神奈川県江ノ島にある児玉神社の神殿を移築して造られたという児玉神社の社があったので持参した日本酒を奉じて手を合わせる。

この神社の祭神が本書の主人公、軍神・児玉源太郎である。

現在は毎年旧陸軍記念日である三月一〇日に祭典が行われると聞く。

余談ではあるが日露戦争後に軍神となって神社で祀られているケースは全国で五つある。

東郷平八郎　大将……東郷神社（東京、福岡）

乃木希典　大将……乃木神社（東京、栃木、京都、下関）
児玉源太郎　大将……児玉神社（徳山、江ノ島）
広瀬武夫　海軍中佐……広瀬神社（大分）
橘周太　陸軍中佐……橘神社（長崎）

神社参拝のあとに坂道を上ると児玉公園からそう離れていないところに「児玉源太郎生誕の地」という看板を見つけて入ってみることにする。

看板の説明によるとかつて源太郎が生まれた時の産湯に使った井戸があった。

おそらく彼が幼少時に毎日使ったと思われる井戸の横にベンチがあったので、かなり歩いた疲れを癒すためにしばし休息をとった。

目をつむってみると幼少時の元気な源太郎が大声を出して走り回っているような錯覚に陥る。

この地はかつて源太郎が日露開戦風雲急を告げる一九〇三年に徳山の子弟の教育ために、皇室からいただいた金一封と私財を投げ打って作った「児玉文庫」があったところでもある。しかし残念なことに、一九四五年七月二六日の海軍燃料廠を狙った米軍による空襲によって全ての蔵書とともに消失したと聞き及ぶ。まことに遺憾である。

ここからさらに駅の方向に向かって緩やかな坂を南下して歩き宿泊しているホテルまで戻ってきた。

幼少期の源太郎に想いを馳せながらゆっくりと休息を交えて歩いた時間がざっと四時間あまりであった。

非常にコンパクトな街である。

かつては海軍燃料廠があったころや出光興産が最盛期のころには、駅の右手の商店街に多くの映画館や色街があり広大な繁華街を構成していたと聞く。

また商店街の中には大阪の近鉄百貨店も進出していたそうであるが、今や大資本も撤退して「つわものどもの夢のあと」という感じは否めない。

しかしそのような商店街でも夕方食事に行ったときには「源太郎」という名前の居酒屋を見つけて、昼間行った児玉公園も含めて徳山市民の心の中にまだ児玉源太郎が息づいていて大切にされていることを確認したことを記したい。

また余談ではあるが日露戦争時の大本営での留守役を守った長岡外史少将も、この徳山の近くの下松市出身である。

満州軍参謀長として満州に赴いた児玉は、東京の大本営にいるうるさ型の山県有朋との難しい調整役を長岡に全部任せたのは同郷から来る信頼感の現われであった。

※

さらに太平洋戦争関連としては前述の大和の最後の寄港地として紹介したが、真珠湾攻撃で空母蒼竜の分隊長として参戦し、ハワイ・カネオヘ海軍基地にて敵弾を受けて自爆、米軍の倉庫・施設に損傷を与えた飯田房太中尉も徳山中学（現在の徳山高校）出身である。

また徳山港から船で三〇分ほど南に行ったところにある大津島では、太平洋戦争末期の特攻兵器「人間魚雷・回天」の訓練基地のあとが今も残されている。

昨今は「温故知新」の言葉に倣い歴史探訪を兼ねて日本の史跡を回るツアーが多いと聞くが、ぜひ一度徳山にも訪れていただきたいものである。

回天訓練基地

三三　沙河の会戦

明治三七年　一〇月　神々の定例会

この年の定例会は今までで一番紛糾していた。

八〇〇万の神々が日本の行く末に不安を抱いていたからである。

会場内は怒号が飛び交う。

「日本は大丈夫なのか？」

「さすがにロシアは強いな！」

「旅順は大丈夫か？」

「かなりの兵士が死んでいるではないか？」

「児玉に任せて大丈夫なのか？」

「バルチック艦隊が出港したらしいぞ！」

「スサノオの指導はうまくいくのか？」

――バーン

アマテラスの木槌が鳴った

「皆の者、静粛に！　スサノオ、皆の者が心配しておる。戦況の報告を！」

「はっ、たしかに現在世界が注目している旅順が落ちないので苦慮しています。またバルチック艦隊も出港したのでさらに状況は逼迫しております」

「そんなことで大丈夫なのか？」

会場内はまたもや騒然となる。

「しかし！」

スサノオの大きな声が会場内に響き、神々は黙った。

「ここからが我々が選んだ児玉の真骨頂が始まる。心配することなかれ！」

「理由は？」

「今から児玉を旅順に遣わす！　そして旅順を落としたのちに奉天ですべてを決する予定である」

「その言葉、信じていいのか？」

「ワシの戦い方は皆のよく知るところ。信じよ！」

※

頭脳明晰であったはずの源太郎はこの頃、日露戦争中で一番頭の回転が鈍かったと伝わる。

まさか指南役の神々が一〇月の定例会のために姿を現さなかったからではなかろうが、そう考えてもいいような焦燥ぶりであったという。

源太郎の一番大きな懸念は「時間との戦い」であった。

満州北部に冬が近づいていた。

そろそろフランスの名将ナポレオンをも撥ね付けたロシアの冬将軍がやってくる。

さらに年を越すとシベリア鉄道が複線化されて増援部隊の輸送が容易になる。

とにかく
「時間は日本に味方しない」

この原則が源太郎にとって一番頭がいたい。

前述したが、さらに悪いことにバルチック艦隊の出航の報が届いてきた。

このことによって海軍からの「一日でも早く旅順を落とせ」と言う要請は悲鳴に変わって

いたころである。

しかし日本側は知らなかったが、このころロシア軍内でも大きな変化が起こっていた。

撤退続きの報告に宮廷内の不満が爆発したのであった。

あまりにも常勝将軍クロパトキンの「名誉の撤退」が続いたので、宮廷内での不満の現れとして次席であるグリッペンベルグ大将を満州に送り込んだのであった。

つまりクロパトキン大将とグリッペンベルグ大将との「二将軍連係」による戦闘を要請したのである。

このことに自尊心の強いクロパトキンは憤った。

それによって功を焦ったクロパトキンは、今まで常に「受け身」であったのが日露戦争で初めてロシアから攻撃を仕掛けてきたのである。

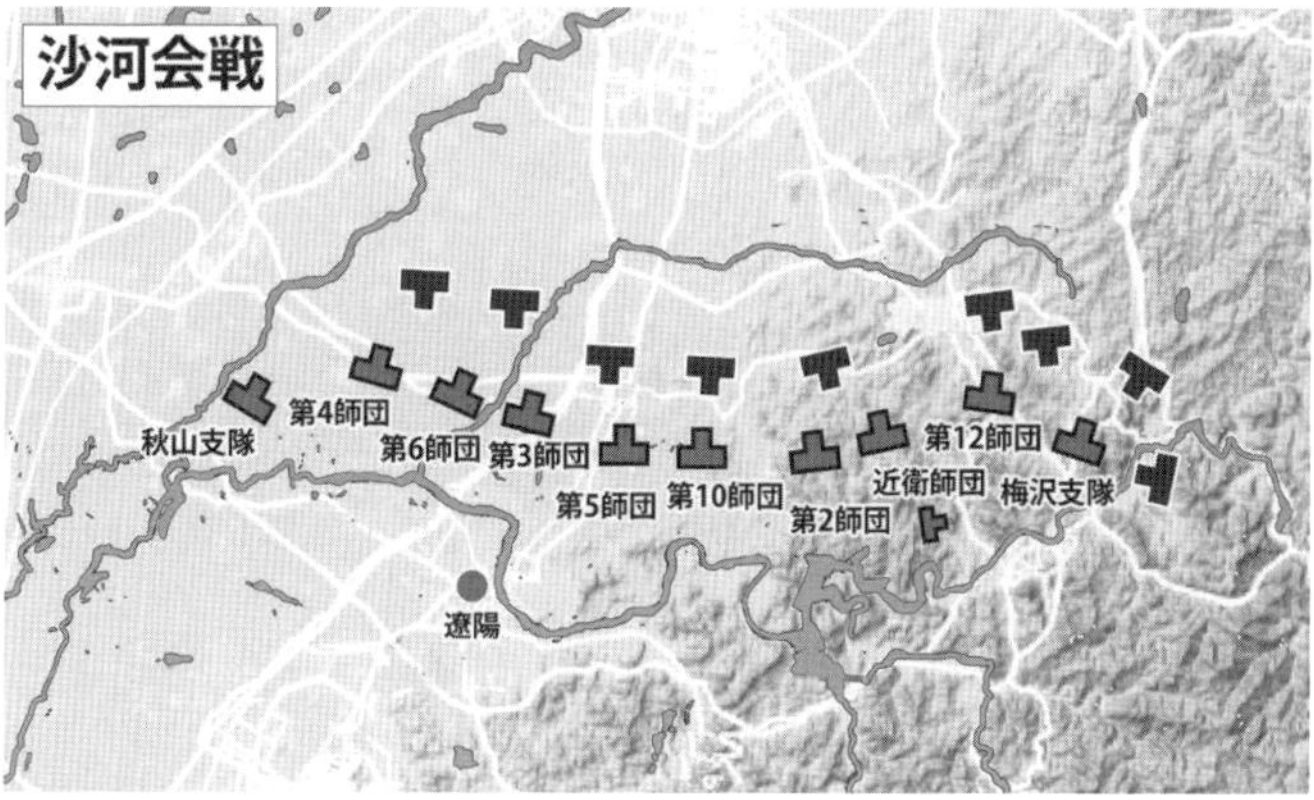

紗河会戦

これが両軍総勢三五万人が激突した、世に言う沙河会戦である。

沙河会戦　一九〇四年一〇月九日～二〇日
戦力
日本側　　約一二〇〇〇〇人
ロシア側　　約二二〇〇〇〇人
死傷者
日本側　　二〇四九七人
ロシア側　　四一三四六人

一〇月九日に宮廷内の「二将軍体制」要望に不満を持ったクロパトキン率いるロシア軍は、グルッペンベルグが着任前に点数を稼ぐ意図での先制攻撃が始まり、それを日本陸軍が迎撃するという形で戦いが始まった。

日本陸軍はロシア軍の攻撃意思を察知したので、圧倒的な兵力差がありながらもロシア軍に対して効率的な防御を行い、相手に大きな損害を与えた。

その後日本軍はロシア軍に対して逆攻撃を仕掛けたため、ロシア軍は沙河の北岸に退却した。

日本側はさらに攻撃を行おうとするもロシア軍の反撃を受けて退いた。

満州軍は弾薬がつきた。大本営は旅順攻囲戦を遂行するために優先して弾薬をそちらに送ったことと、冬季に突入して軍隊行動が困難となったことから満州軍は塹壕に篭り、次なる攻勢機会を待つこととなった。

このにらめっこが世に言う「沙河の対陣」である。

梅沢旅団

なお、この会戦に於いて特筆すべき存在として、梅沢道治少将率いる近衛後備混成旅団（俗に言う「花の梅沢旅団」）がある。

近衛後備混成旅団は後備兵（予備役）の老兵士たちによって構成された二級部隊ながら、梅沢少将による卓越した指揮の下、最前線に於いて精鋭部隊に劣らぬ猛烈な奮戦を見せ、勝機の一端をも担う活躍を見せた事で現在にその名を残している。

源太郎は冬が来る前に沙河を渡河できなかったことと、ただでさえ少ない砲弾を旅順攻略戦と分け合わなければならない厳しい台所事情に大いに頭を痛めていた。

まるで二人の大食いの子どもを抱えた貧乏家庭のようであった。

一方司令官の大山巌は源太郎がこのような状況下でも外国武官を連れて呑気に「キツネ狩り」を行なっていた。

海外に余裕を示す意向であるが呑気なものである。

このあたりが源太郎を信じて全てを一任した将の器であろう。

負け戦になれば真っ先に出て行くつもりの大山がまだまだ余裕で源太郎に託している証である。

沙河会戦は、ロシア陸軍が珍しく日本陸軍に対して行った先制攻撃により始まった会戦で日本軍が防戦した戦いであった。

この戦い以降冬季に突入し、約三か月間の「沙河の対陣」と呼ばれる長い膠着状態に陥った。

大山巌

三四　第二回　旅順総攻撃　後半戦

一〇月二〇日に沙河の会戦が終わった。

この一週間後に第二次総攻撃後半戦が行われることになる。

前半戦と後半戦とに別れたのは単純に「砲弾」が尽きたからであった。

日本陸軍は数少ない砲弾を旅順と満州で分け合って戦っている。

つまり二つの軍が同時に戦えない悲惨な状態が続いていた。

沙河の会戦が膠着状態になって日本陸軍は沙河を挟んで冬を迎えた。

日露戦争後、「日本のナポレオン」と言われた源太郎が、その本家のナポレオンですら勝てなかったロシアの冬将軍と対峙したのである。

源太郎は旅順の第二次総攻撃後半戦の成功を心から祈った。

その理由は三つある。

一　一〇月一五日にバルチック艦隊が出航したこと。
二　大阪砲兵工廠で製造される砲弾をすべて満州に集中させたかったこと。
三　第三軍を早く満州軍に合流させて総力戦でロシア軍と戦いたかったこと。

以上の三つの理由による源太郎の祈りに答えるために、第二回総攻撃後半戦が始まった。

第二回総攻撃後半戦（明治三七年一〇月二六日〜三〇日）

一〇月一八日、第三軍は二龍山堡塁と、松樹山堡塁の同時攻略計画を打ち立てた。

双方の堡塁は密接な関係に有り、攻撃区分では第九師団が担当であったが戦力の余裕がなく、松樹山堡塁攻撃は第一師団が担当する事にした。

二三日、第三軍は各参謀長会議を行い、二六日の総攻撃を決定した。

第一師団が松樹山堡塁、第九師団が二龍山堡塁と盤龍山堡塁東南の独立堡塁、第一一師団は東冠山の各堡塁（但し攻撃は第一・九両師団の攻撃が成功した後）を攻撃目標とする。

この時点での主要部隊の戦力は

＊　第一師団（東京）　六八六九人
＊　第九師団（金沢）　七二七七人
＊　第一一師団（善通寺）　六九四〇人
＊　後備歩兵第一旅団　三六三六人
＊　後備歩兵第四旅団　三三六八人

総勢二九〇〇〇人、この数字は大陸到着時の約半数であった。
早朝よりの攻城砲兵による砲撃の後、まず第一師団、第九師団が攻撃を開始した。

第一師団の攻撃

第一師団では左翼隊の歩兵第二連隊が敵散兵壕の動揺を捉え突入しこれを制圧。
ここから松樹山へ坑道掘進を開始する。
ロシア側も坑道を掘り、爆薬を仕掛けて日本側の坑道を破壊するなどで抵抗した。
二九日になるとロシア軍は逆襲に転じ、午前七時に散兵壕を奪取される。
第一師団は直ちに逆襲に転じて午後一時三〇分にはこれを奪い返す。

翌三〇日、攻城砲兵の事前砲撃の後、第二連隊は松樹山堡塁への突撃を開始した。

周囲からの砲火を浴びながら連隊は敵塁の真下まで進出するが、今回も外壕の突破に手間取っている間に大損害を被りやむなく撤退する。

そのため外壕外岸からの坑道作業に入るが、攻撃準備完了まで期日を要することになる。

第九師団の攻撃

第九師団は右翼隊の歩兵第一九連隊が二龍山堡塁の斜堤散兵壕を占領し、坑道掘進を開始する。

更に左翼隊も歩兵第七連隊が盤龍山北堡塁に突撃し、その一角を制圧する。

二龍山堡塁では松樹山と同様に抜刀による血みどろの坑道戦が展開される。

三〇日、まず右翼隊が二龍山堡塁の外壕の破壊に取りかかる。しかし敵塁からの集中射撃と松樹山からの側防射撃に阻まれ占領地を確保するのがやっとであった。

他方、一戸《いちのへ》少将が指揮する左翼隊は盤龍山東堡塁東南の独立堡塁（P堡塁）への攻撃を開始した。

午後一時、工兵隊の爆破した突撃路を使って歩兵第三五連隊が突入。

僅か二分でＰ堡塁を制圧する。

しかし午後一〇時三〇分頃、ロシア軍が逆襲に転じ、占領部隊は将校を多数失い退却した。

Ｐ堡塁下にいた一戸少将は退却の報を受けると予備の一個中隊を自らの白刃を抜いて奪還に向かい、奪取に成功した。

一戸少将の勇猛な活躍ぶりから、後にこの堡塁は「一戸堡塁」と命名されることになった。

第一一師団の攻撃

第一一師団は出撃を待機していたが松樹山、二龍山の占領がまだなので攻撃できずにいた。

しかし既に攻撃準備が整っており、「この際は多少の犠牲も覚悟して突撃すべし」という結論になり、三〇日より攻撃を開始する。

三〇日午後一時、まず右翼隊の歩兵第二二連隊が東鶏冠山北堡塁を攻撃しその一角を制圧。

しかし第二堡塁に向かった歩兵第四四連隊は集中砲火を浴びて壊滅。

中央隊の歩兵第一二連隊は第一堡塁に向かう。

前面の散兵壕を蹴散らしつつ進撃し砲台も占領した。

しかし周囲からの射撃を受け徐々に被害が続出し、戦線維持が困難になり退却を余儀なくされる。

三一日、未だ士気旺盛な右翼隊は外岸側防を制圧。

しかし血気にはやる一部部隊が砲兵の支援を待たずに突撃しあえなく壊滅することになった。

結局第一一師団も東鶏冠山を制圧できず、地道な坑道作業に移行していくことになった。

総攻撃の中止

この攻撃で日本軍は戦死一〇九二人、負傷二七八二人の損害を出すが、ロシア軍も戦死六一六人、負傷四四五三人と日本軍以上の損害を受けた。

乃木は各師団が坑道作業に入った事で作業完了までにはかなりの期日が必要と判断。

ここで旅順総攻撃を打ち切った。

日本軍は前半戦の作戦目的であった二〇三高地以外の占領は達成した。

ここまでは犠牲者を出したが、まあ及第点である。

しかし後半の主要防衛線への攻撃は第九師団がＰ堡塁を占領した以外、いたずらに兵力を損耗させただけでことごとく失敗に終わった。

このため日本側は第二次総攻撃は失敗と考えた。

第三軍の第二回総攻撃に期待した源太郎は、この総攻撃の失敗の報を聞き、加えて目の前の沙河に展開するロシア軍を見ておそらく彼の人生で一番困難を体験し、日本の将来を憂い苦悩したことであろう。

二〇三高地

三五　白襷隊

源太郎の指揮する満州軍は現在沙河の対岸でロシア軍と対峙している。

唯一源太郎にとってこの時期よかったことは、冬将軍が来て戦闘が始まらないために日本から送られてくる弾薬が少しずつ蓄積できることであった。

まるで雨だれを一滴一滴バケツで受けているような気持ちであっただろう。

これはロシア軍にとっても同じである。

時間が経過すればするほどロシア軍もシベリア鉄道を使って補給が十分に行えるのである。

しかしとにかく戦闘がこちらで今すぐに発生しない以上、源太郎は遠く旅順に入って現状を把握し、場合によっては乃木の手助けをしようと思ったのである。

同じ時期、旅順の第三軍は弾薬の補給もであるが、度重なる突撃の連続で死傷者が多すぎて兵士そのものの補給が必要になっていた。

そこで日本国内に予備に置いていた猛将・大迫尚敏《おおさこなおとし》率いる第七師団（旭川）を旅順に送ることになったのである。

ちなみに源太郎と大迫は西南戦争を共に戦った旧知の仲である。

この「日本最強」とうたわれた第七師団は本来、満州平原に決戦用として送られる予定であったが、旅順の膠着状態が長く続くので天皇の裁可を仰いで第三軍に編成された。

その時の第七師団の兵士は「満州に行くか旅順に行くか」で自分たちの生存率が変わってくるので、旅順行きと決まった瞬間に部隊内は鎮痛な雰囲気になったと言われている。

旅順は屏風のように東西に広がる山並みの南側に位置している。

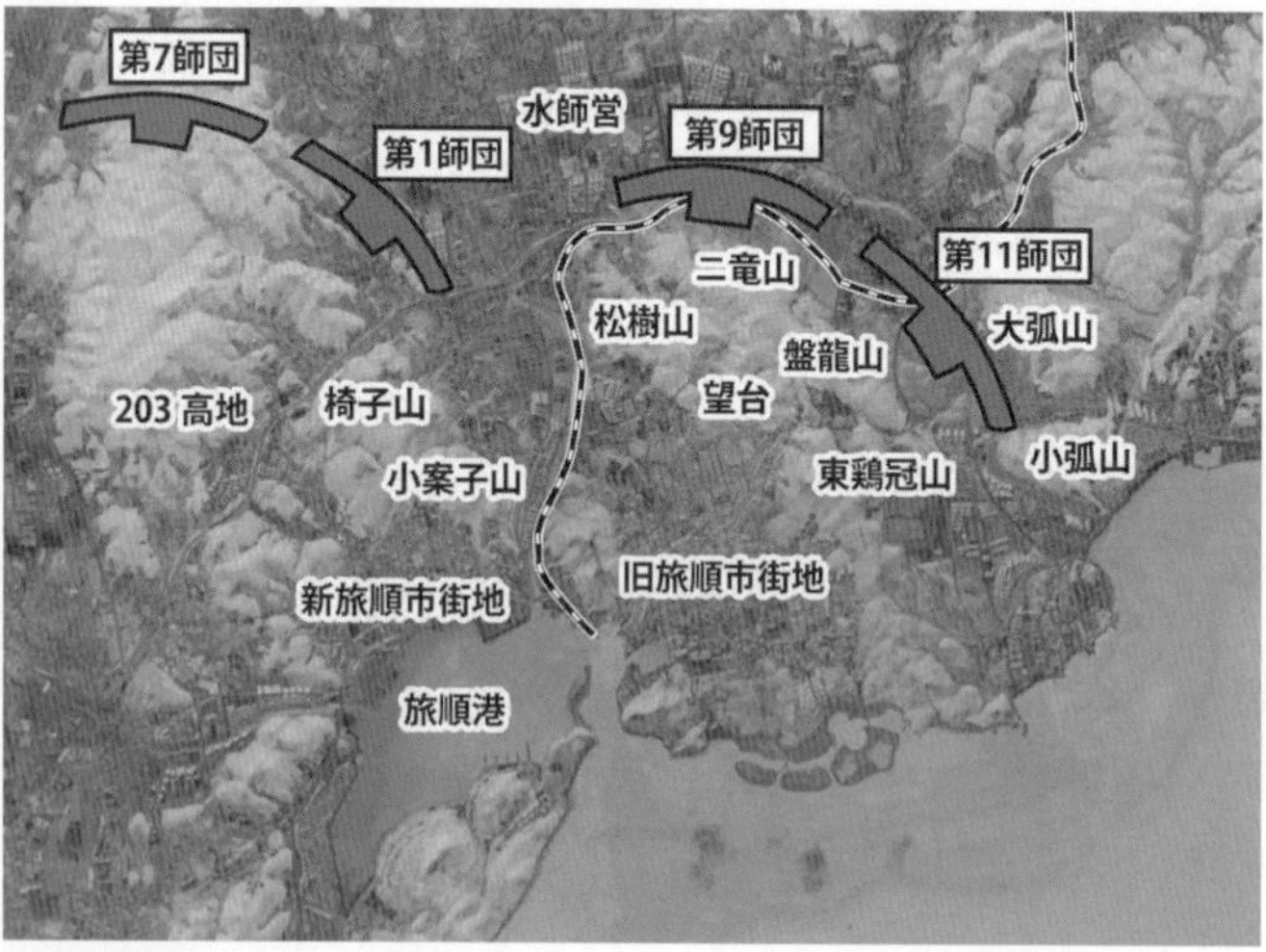
第7師団
第1師団
水師営
第9師団
第11師団
二竜山
松樹山
大弧山
盤龍山
望台
203 高地
椅子山
小弧山
小案子山
東鶏冠山
旧旅順市街地
新旅順市街地
旅順港
旅順攻略図

これを見てもわかるように、陸軍は盤竜山の背後の望台を主目標とし、海軍の要請は一番西にある二〇三高地である。

旅順第三次総攻撃　序盤戦　白襷隊

第三次総攻撃は一一月の二六日に各師団から希望者を集めた三一〇〇人で組織された有名な「白襷隊」による松樹山の第四砲台の攻撃で始まった。白襷隊には到着したばかりで無傷であった第七師団の衛生兵も含まれていた。

「白襷隊」の名称は夜間攻撃で敵味方を識別できるように白い襷をかける配慮であったがこれが全くの逆効果で、ロシア側の探照灯に反射して光り、却って安易な目標物と化したのであった。

またこの部隊の指揮官は将官から一人死んでもらうという意味から、戊辰戦争時の賊軍であった彦根出身の中村覚少将が選ばれることになった。

明治も三八年経過しているにもかかわらず未だに陸軍内に「官軍」や「賊軍」の概念が残っていたのが興味深い。

中村覚少将率いる「白襷隊」は水師営から松樹山北西麓に進軍を開始した。

二六日二一時、敵堡塁間近の第一線散兵濠に突入したが、地雷の爆発により潰乱し、味方識別のために掛けていた白襷に向けてロシア軍は機銃掃射を行い短時間で大損害を受けた。後続部隊もまた同様で、機銃掃射の嵐に遭遇して支隊長・中村覚少将も敵弾に貫かれて負傷した。

彼らは戦わずしてたった「移動するだけ」で殺戮されたのである。

六時間という短時間にもかかわらず、死傷者のあまりの多さに一一月二七日二時、退却の余儀なきに至って白襷隊の奮戦は失敗に終わった。

常に日本軍の総攻撃は図ったように二六日に始まるということをロシア軍は予想していたので機関銃で待ち構えていた中に、さらに目立つ衣装を着て飛び込み自滅したような結果に終わったのである。

旅順攻撃の象徴である「白襷隊」はわずか六時間で潰えた。

このあたりに第三軍の参謀の知恵のなさが窺える。

簡単に兵が消耗するはずである。

乃木はわずかに期待していた「白襷隊」の壊滅の報告を聞き、長い間逡巡していた決断をようやく下した。

一一月二七日未明、旅順総攻撃の主目標を海軍の要請する二〇三高地に定めたのであった。

考えようによっては「白襷隊」の三一〇〇人の尊い命を以てようやく乃木の頭の中で「二〇三高地攻撃」の決断をさせたのである。

しかしあまりにも大きな代償であった。

三六　第三回　旅順総攻撃

スサノオ

「戦況はどうじゃ、だいぶ難儀しているようじゃが」

「旅順が落ちないからイライラしています。また海軍から矢のような催促を受けています」

「簡単なことよ。お前が一時的に乃木に代わって指揮を取ればいいのじゃ」

「それは軍内の規律違反となる。何より乃木のメンツが潰れてしまう」

「お前は軍内の規律や乃木のメンツを大事に考えるあまり日本を滅亡させるのか？」

「いや、それは……」

「ならば、保険として大山巌から一筆をもらえ。これで乃木や幕僚たちも文句は言えまい。心配性じゃのう、まったく」

※

乃木が率いる第三軍は一一月二七日の未明、全ての勢力を二〇三高地の攻略にかけることは述べた。

よく、源太郎が迷っている乃木に二〇三高地の攻撃をするように進言するという場面があるが、そもそも源太郎が旅順に着いたのが四日後の一二月一日である。

すなわち乃木は源太郎が来る前に、自分の意思で二〇三高地攻略を決めているのである。

いずれにしても二七日の午前、乃木は二八センチ榴弾砲を一〇〇発以上を二〇三高地のロシア要塞に向けて突撃の前の準備砲撃を開始した。

準備砲撃が終わった午後には、第一師団（東京）と第九師団（金沢）第一一師団（善通寺）の部隊を中心とした総勢力で二〇三高地に突撃を開始した。

特に第一師団は、松村師団長が直接陣頭指揮を取って突撃をすると言う異様な光景が見られたほどの死闘であった。

この一戦にまさに「日本の将来」がかかっていたことを将兵全員が身に染みて理解していたのである。

壮絶な砲撃と白兵戦を交えたこの戦いでは、二七日の午後八時には瞬間的に二〇三高地の一角が日本軍の手に落ちたという報が入った。

しかしロシア軍の士気も旺盛で、塹壕を使い新たな兵力を投入して再び奪還されてしまった。

映画でも有名になったように、このように血で血を洗う壮絶な争いが標高二〇三メートルの山頂を巡って行われていたのである。

二九日には、内地から来た新鋭の第七師団(旭川)を新たに投入して二〇三高地を攻撃した。戦いを熟知した猛将・大迫尚敏率いるこの師団をしても、戦闘を開始してわずか一日で七五パーセントの死傷者を出し大きな損傷を被ることになる。

この日から一二月五日まで山頂を争奪すること互いに十数回という非常な激戦が見られたのである。

この一進一退の報を受けて源太郎は旅順行きを決意した。

幸い沙河の対岸に布陣する目の前のロシア軍に動きはない。

旅順に行くにあたって彼は以下の三つの準備をしたといわれている。
一　満州軍総司令官・大山巌の委任状を書かせた。
二　自分の直属の部隊として大連に上陸中であった歩兵第一七連隊を手にした。

三　長男の秀雄に遺書を書いた。

一二月一日の未明に三つの準備を終えた源太郎は、満州軍司令部のある煙台から汽車で出発している。

副官の田中国重を伴い汽車に乗って旅順に向かう源太郎の耳に、一時は「二〇三高地を奪還セリ」という朗報が入ってきた。

こうなれば源太郎がわざわざ旅順に行く必要はない。

途中下車して祝杯の酒を飲むことにした。

しかし先述したように、一度奪った砦をその後ロシア軍の逆襲で奪還されると言う事態に陥ったという報を聞いて源太郎は大いに落胆した。

本来なら満州の決戦に向けて投入したかった精鋭の第七師団をたった一日の攻撃でむざむざと消滅させた乃木の失策に激怒し、「第三軍の大馬鹿野郎！」と床にグラスを叩きつけたという。

高崎山での乃木との会談

一二月一日午後、高崎山にて映画のワンシーンである乃木と児玉の会談が行われた。貧しいアンペラを敷き詰めた地下の部屋で、二人は膝を交えたという。

もとより同郷であり、何度も同じ戦場で弾の下をくぐってきた仲である。二人の間に不要な言葉はもはや必要ない。

源太郎は第三軍の攻撃のあまりにも稚拙さを伝え率直に乃木に迫った。

「乃木、第三軍の攻撃の指揮権を一時的に俺に委ねよ」と。

この一言は実は陸軍内では統帥権の干犯という重大犯罪にあたる。

なぜかと言うと乃木は軍司令官であり、これは天皇から直接任命される部署であったからである。

それを満州軍副司令官の立場の源太郎が頭ごなしに「ヘタな戦じゃのう、ちょっとワシに代われ」と言ってきたのである。

しかし阿吽の呼吸で乃木は、「致し方なし。君に託す」と伝えたらしい。

最悪の状態を想定して源太郎が用意した大山巌の委任状は使われることがなかったようである。

このようにして乃木から指揮権を得た源太郎は速やかに参謀を集めて軍議を行なった。

源太郎激怒

乃木を中心として第三軍の参謀がテーブルについた。全員が乃木の横にいる源太郎の存在を見ていぶかった。

その源太郎が大声で言った。

「命令！　以下の四点を直ちにおこなうように！」

一　二八センチ重砲隊の二四時間以内の陣地の変更

二　司令部のさらなる前進

三　参謀による最前線の直接視察

四　二〇三高地で戦っている敵の上に二八センチ砲を撃て

普段から穏やかな源太郎にしては珍しく、居並ぶ参謀たちに大激怒して以上を行うように指示した。

特に無策で通してきた伊知地参謀の「重砲陣地の移動は不可能」という反論に対しては、参謀肩章を引きちぎり罵倒したという。

また他の参謀が言う「二〇三高地で戦っている敵の上に二八センチを撃てと言われましたがそれでは友軍にも死者がでます」という反論に、「その友軍をいたずらに殺してきたのは無能なお前たちではないか！」と突っぱねたという。

よほど腹に据えかねたのであろう。まるで日本国民を代表するように源太郎は居並ぶ参謀たちに激怒した。

かくして源太郎の言葉で電流が走ったかのようになった第三軍は、不可能といわれた重砲隊陣地の二四時間以内の移動を終えて砲撃を開始した。

一二月五日、二〇三高地全域を占領。

そのわずか一時間後には港内に向けての観測がなされ、二八センチ榴弾砲の間接射撃が旅順艦隊に向けて開始されたのであった。

三七　そこから旅順は見えるか！

そこから旅順は見えるか！

おそらく日露戦争で陸軍の中では一番の名文句ではないだろうか？

もちろん海軍の方はバルチック艦隊を見つけた信濃丸の「敵艦見ゆ！」である。

二つともストレスが最大限に溜まっていたときに発せられた名言であると筆者は思う。

源太郎は「そこから旅順は見えるか！」というたった一言を言いたいがために、わざわざ満州の煙台の司令部を抜け出して旅順まで行ったのである。

そういう意味では源太郎は今までの欲求をこの一言と、その後に続いた観測員の「見えます！　旅順港が丸見えです！」の言葉によって満足させたであろうと推測する。

まさしく「旅順の皿」がズリ落ちそうな状況から再び勢いよく回りだした瞬間であった。

しかし実際は源太郎が旅順に来なくても「乃木の実力で旅順二〇三高地はそのまま落ちていたのではないか？」という理論が一方である。

はたしてどうであろうか？

例えて言うなら四二キロのマラソンで四〇キロまですでに乃木が走ってわずか残り二キロを源太郎が「よく走ったな、あとは俺に代われ」と言って美味しいところで手柄を横取りしたようなことではなかろうか。

色々な方面から資料を読み解いていくと、確かに二〇三高地の攻撃を決断したのは源太郎ではなく乃木であった。

しかしこのころは連敗に次ぐ連敗で実際に負けが続いていた第三軍に対して、全くいい作戦が浮かばなかったのは事実である。

二八センチ榴弾砲陣地の移動がいい例である。

ここに至って「貧すれば鈍す」の参謀連中に軍の規律を犯してでも命令権を借りて新鮮な激しい電流を走らせたのは紛れもなく源太郎である。

このことだけは百歩譲っても間違いのないことである。

であるから確かに乃木は四〇キロ走っていたとはいえ、残りの二キロは源太郎無しでは完走できていなかったのではないかと考えるのが妥当であろう。

日露戦争後に分かった話であるが、当時のロシア軍側の資料によると、このころの重砲陣地からの攻撃によって旅順市街に落ちた砲弾の威力で、非戦闘員も含めてかなりの犠牲者が出ていたことも確かであるし、ロシア側に厭戦気分が蔓延していたことも確かである。

もしそのまま砲撃を続けていたらロシア側に源太郎が来ようと来まいと降伏していたという理論もある。

しかしこれは「結果論」であり、双方がカードを伏せて戦っていたので知る由もないことであった。

この時期に乃木希典が源太郎が旅順に来て一つだけ心情的に助かったことがある。

長州の同郷で戊辰戦争以来、銃弾の嵐を一緒に潜ってきた旧知の仲である源太郎が来てくれたということは、孤軍奮戦していた乃木希典にとってはどれだけ心が癒されたことであろう。これだけは恐らく間違いないことであろう。

乃木にとっては源太郎が来て開口一番、参謀達に自分が言いにくいことを代弁してくれた。その結果として二〇三高地を早い段階で落とせて、間接射撃によって旅順港に対して砲撃ができるということは願ってもないことであった。

しかし源太郎は乃木から指揮権を拝借したことに「少し悪いことをしたな」という気持ちがあったことは疑い無い。

自分が無理やり取り上げた指揮権によって第三軍は奮い立ったことは事実であるが、その一方で司令官である乃木の面目を丸つぶれにしてしまったのはまぎれもなく自分であるということはよく分かっていた。

であるから最後に源太郎は二〇三高地占領後、「後は残敵掃討だ」と言いつつ最後の仕上げのところだけは乃木に任せたのである。

いわゆる戦闘の「一番おいしいところ」を非礼を尽くした同郷の乃木に甘んじて差し上げたのである。

任せた後は「自分は最初から必要のない人間」という態度を取って全部乃木のやったことにしてさっさと満州の地に帰っていったのである。

このあたりが武人として実にすがすがしい。

しかも満州の煙台に帰る最後の夜には、乃木が一番得意とする「漢詩の会」をやっている。

逆に源太郎は漢詩はあまり得意ではないが、あえて自分の得意でないフィールドに乃木を誘ってその中で乃木の歌った漢詩を最大限に評価を上げることによって「乃木よ悪かったな」という気持ちを表現したのであった。

そういう意味では源太郎は乃木の武人としてのストイックさを非常に評価しており旅順と

いう亀のように閉じこもったロシア軍に対して何万という犠牲を出しながらも愚直に命令を遂行したことに非常に尊敬の念を抱いていたはずである。

また逆に乃木はそういう源太郎を理解し、お互いに感謝していたと思う。

二人はそういう関係であった。

乃木の作った有名な漢詩がある。

爾靈山（二〇三高地）
爾靈山嶮豈攀難
（爾霊山は嶮なれども豈攀難からんや）
男子功名期克艱
（男子の功名克艱を期す）
鐵血覆山山形改
（鉄血山を覆いて山形改まる）
萬人齊仰爾靈山
（万人斉しく仰ぐ爾霊山）

訳

二〇三高地は難攻不落といわれているがどうして攻め上れないことがあろうか
男子たるもの功名を為すには艱難辛苦を打破しなければならない
たくさんの兵士たちの熱血で山の形も変わるかと思われるほどであった
世人は永遠に爾霊山を仰いで尊い英霊を弔うであろう

戦後「戦略の児玉、戦闘の乃木」と言い換えてもいいような二人の関係であったが、お互いの性格を熟知して尊敬を通り越して敬愛していたと考えるのが妥当であろう。

三八　水師営

旅順の攻略戦は源太郎が満州に去る前に言ったように後は残敵掃討であった。

その言葉通り二〇三高地山頂を奪った第三軍は、弾着観測所を設けて二八センチ榴弾砲を旅順市街と港に送り込み海軍の要請どおりに旅順艦隊を壊滅させたのである。

陸戦においても完全に戦のペースは日本側に傾いていた。

そして年が明けた一月一日、敵将ステッセル将軍からの使者がやってきて降伏の意思を伝えた。

ここに長い期間の旅順攻略の戦いが終わったので

水師営の会見（Wikipedia より）

第 3 軍旅順への攻進図（Wikipedia より）

ある。

一月五日水師営における乃木将軍とステッセル将軍の会見が劇的に行われたのである。これが世に言う「水師営の会談」である。

結果としてその後の奉天会戦後にクロパトキンは北方に逃げてしまったので、結果として「クロパトキン対大山」という会談が実現しなかった。よって日露戦争を象徴するこの二人の会談が美談として後々語られるようになった。

ステッセルとの会談

やはり日本人が好きな乃木像の代表としては旅順が落ちた後の「水師営」の会見であろう。このころまで西洋の「騎士道」と日本の「武士道」がかろうじてまだ残っており、あれほど激しかった戦いですら一旦降伏となったら敵味方の区別を超えてお互いに健闘を称えあうという気風が存在したのである。

まさにラグビーでいうところの「ノーサイド」である。

しかも乃木は敗軍の将、ステッセル将軍に対して会見に臨んで帯刀を許したばかりでなく決して負けた相手を見下すことなく、談笑と食事を行ったことが戦後歌にもなったように日本国民の心を捉えたのであろう。

また外国の新聞記者たちに「敗軍の将」としての写真を撮らせなかったという。

その報告を煙台の満州軍司令部で聞いた源太郎は、一気に肩の荷が降りた。

降りたどころではない。

これで心置きなく旅順に拘束されていた第三軍をいよいよ満州の平原に引っ張ってきて、総勢力で以てクロパトキンと対峙できるからであった。

皿回しの皿がひとつ減った。

三九　鴨緑江軍の創設

スサノオ

「やっと旅順が落ちたようじゃな」

「はい、やっと肩の荷が降りました。しかしまだ不安があります」

「兵員の数じゃな」

「はい、決戦で使うつもりであった乃木の軍の兵が極端に減りました」

「新たな軍を編成せよ」

「しかし国内にはもう健全な部隊がありません」

「年寄りで軍をひとつ編成するのじゃ」

「年寄りで？」

「そうじゃ。ただしこの軍に乃木の第一一師団を混ぜるように」

「乃木の第一一師団を混ぜる……」

「これが後から隠し味となって効いてくる」

「わかりました。そのように編成いたします」

各戦闘で死傷者が想定していた以上に出たことにより、源太郎は来るべき奉天の会戦にあたり、臨時で「第五の矢」とも言える鴨緑江軍を創設した。

しかしこの新設軍は軍とは名ばかりで、内地で応招された妻子もあるような年配者で構成されたまさに「烏合の衆」であった。

源太郎はこれを強化するために、ここに第三軍から引き抜いた第一一師団（善通寺）を加えて再編したのである。

この第一一師団を入れたことが源太郎は知らないことであったが、後々にクロパトキンの思考回路を狂わせる事になったのである。

すなわち年寄りばかりで編成された臨時の鴨緑江軍に第一一師団が入ったがばかりに、このいわば「寄せ集め軍」を乃木の第三軍とクロパトキンは勝手に勘違いしたのである。

その効果をわざと狙って源太郎は一一師団を配備したのではなかったと思うが、もしそうでなかったならこの辺りが源太郎のツキがあるところであろう。

陸軍最終決戦の「奉天の会戦」の序盤戦は、一月二五日黒溝台の戦いで切って落とされた。

源太郎は旅順攻略が終了した第三軍に対して急ぎ戦場に来るように伝えたが、この戦いにはまだ行軍中で参加はしていない。

四〇　黒溝台の戦い

「いよいよ奉天は目前じゃのう」

「旅順が落ちて正直ほっとしています。これで乃木の第三軍が参戦可能になりました」

「相手も今回は必死で攻めてくるぞ」

「えっ？　あの守り一辺倒のロシアがですか？」

「そうだ、ロシア軍内部の事情が変わる。勝ちを急いでいるのだ」

「勝てますか？」

「秋山好古と立見尚文が鍵になる」

「左翼が危ないと？　今来ているのは斥候偵察ではないのでしょうか？」

「そうだ、かねてから秋山からの報告のとおりロシアは左翼に最強軍団で猛攻をかけてくる。これに充分に備えるように」

「わかりました、増援をおこないます」

※

この戦いはおそらく日露戦争の中でも日本陸軍が一番窮地に立たされた戦いである。

もしボタンひとつ掛け違えていれば、総軍が壊滅していてもおかしくはなかった戦いである。

この戦いの異常性は、そもそも宮廷から急遽派遣されたグルッペンベルグ将軍が功名心にはやって仕掛けてきた戦いであるということである。

しかし先輩格であるクロパトキン将軍は、彼の功績になることを恐れて約束していた援軍を派遣しなかったのである。

この辺りの「功名焦り」がロシアの陸軍の弱点である。

すなわちロシア側は己の名誉と出世欲しかない将軍が頂点に立ち、一方日本陸軍は名誉欲など皆無に等しい大山巌とまた欲も功名心も全くない源太郎が指揮をしていたという対極的な構図であったから結果として助かったのである。

秋山好古率いる騎馬隊は、この黒溝台の西側を薄い皮膜のように死守していた。

この皮膜がどのくらい薄いかというとおよそ三〇キロメートルの長さをわずか八〇〇〇人

で守っている極めて細い糸のような薄さであった。

着任したばかりのグルッペンベルグ将軍は、偵察の報告からこの西戦線が一番弱いことを突きとめた。

グルッペンベルグ将軍はクロパトキン将軍に対して、「自分がここの薄い部分を攻めるからその間に中央の軍を出動して突き抜けた後は挟み撃ちにしよう」という約束を取り付けて進軍を開始した。

対する秋山好古率いる騎馬連隊は、その機動性の根幹である馬を下りて大地に穴を掘り散兵壕を作って「にわか陣地」としてこれを迎え撃った。

しかし子どもが大人のラグビーチームを防ぐような一方的な猛攻を受けて、防戦一方の戦いとなった。

源太郎はこの窮状の報告を受けて援軍を送るのであるが、いかんせん皮が薄すぎるので持ちこたえられない。

ここで期が熟したと感じたグルッペンベルグ将軍は、クロパトキン将軍に対して全軍でもっての中央突破を要請するのであるがクロパトキン将軍はここで考えた。

「ここで戦いに勝てば着任したばかりのグルッペンベルグの株が上がり、自分は場合によっては左遷させられるかもしれない」と。

この逡巡している時間に立見尚文率いる援軍が秋山の部隊を援護して支えきったために総崩れから逃れ、かつ敗走するグルッペンベルグの軍を追尾できたのである。

まさしくこの戦いは私利私欲に走ったクロパトキンに日本軍は助けられたような戦いで終わったのである。

いずれにしても源太郎は首の皮一枚で勝利したのであった。

黒溝台の戦い　一九〇五年一月二五日～二九日
戦力
日本側　約五四〇〇〇人
ロシア側　約九六〇〇〇人

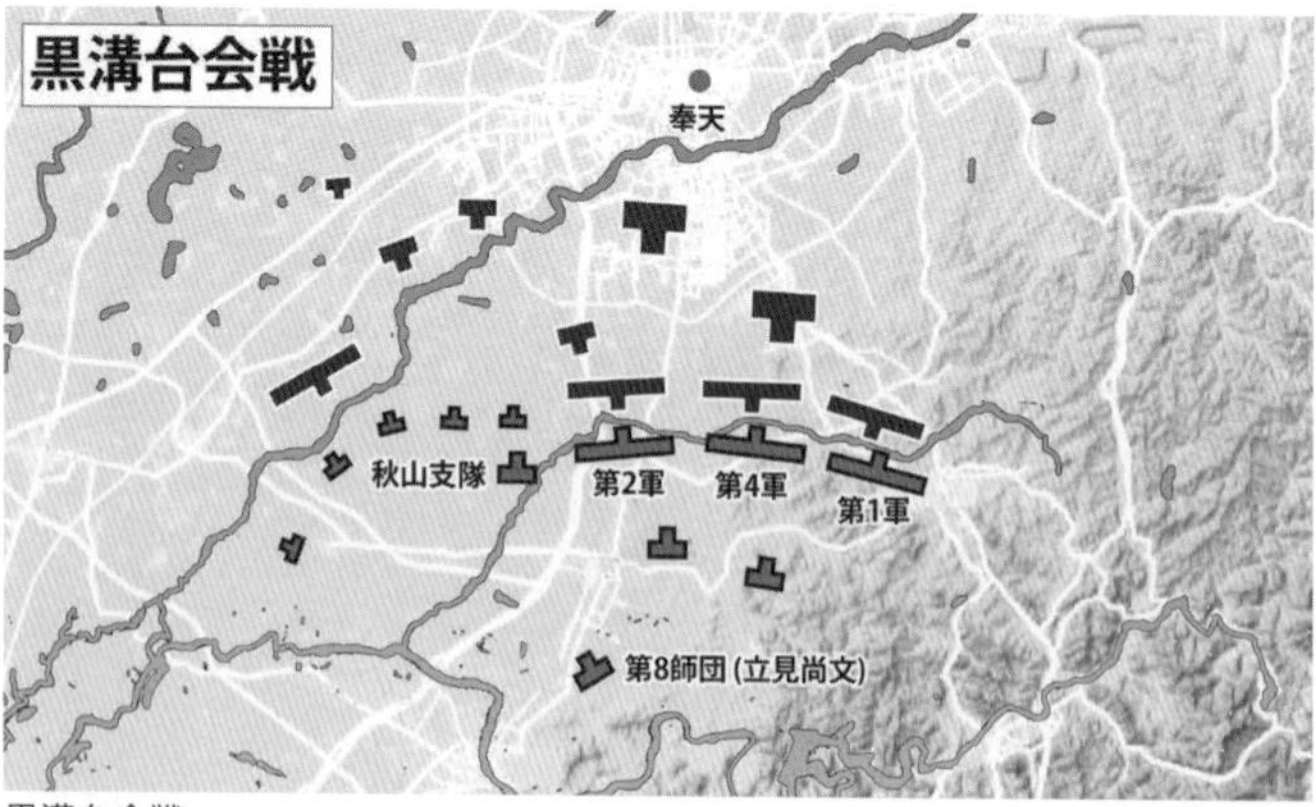

黒溝台会戦

損害
日本側　死傷者　　約九三〇〇人
ロシア側　死傷者　約一〇六〇〇人

四一　奉天会戦　一

「いよいよ奉天じゃのう」

「はい、旅順の乃木の到着がなんとか間に合いそうです」

「その乃木じゃが、乃木の軍をすりつぶす覚悟で戦え」

「また乃木に貧乏くじを引かせるのですか？」

「クロパトキンにとって旅順を半年で落とした乃木の名前は、こちらが思う以上に効力があある」

「なるほどクロパトキンの目を引きつける囮《おとり》ですな」

「乃木の軍が左から奉天を包むようにせよ。包まれれば退路がなくなるからクロパトキンは増援を送る」

「その間に手薄になった中央を突破するのですな」

「そうじゃ、しかし被害担当の乃木はとてつもない猛攻を受けて壊滅寸前までいく」

「そこまで苦戦するのですか」

「いずれにしてもこれが最終決戦じゃ、戦力を使い惜しみしているヒマはない。乾坤一擲《けんこんいってき》じゃ」

「わかりました、総力を挙げて戦います」

※

満州軍総司令官大山巌が「日露戦争の関ヶ原」と位置付けた奉天会戦がいよいよ幕を開こうとしている
誇張ではなく「全世界の耳目を集めた」両軍合わせて六〇万の軍が戦う近代戦が、まさに始まろうとしている。

源太郎はこの奉天の会戦で一気に決着をつけて早期の講和を始めようと考えていた。

それほどまでに砲弾と兵士の損耗が激しかったからである。

二月二一日、平均年齢四〇歳以上の「老兵」で構成された、もっとも東側を攻める鴨緑江軍の戦闘で奉天の会戦は始まった。

源太郎は第三軍の中から第一一師団を抜き出して即席の鴨緑江軍の戦力としたことは述べ

た。

しかしこの日にはまだ第一一師団は鴨緑江軍に合流しておらず、わずか一万の老兵のみでロシア軍が守る清河城の前に展開するロシア軍に攻撃を開始したのであった。

二日後の二三日に期待していた精鋭の第一一師団は、予定より早く戦場に到着して清河城を合流して攻めることになった。

鴨緑江軍は満州軍参謀の松川敏胤から「かも」と呼ばれて馬鹿にされていた老兵による軍であったが、なんと第一一師団との合流によりわずか四日間の戦闘でロシアの大軍が守る清河城を占領することに成功したのである。

奇跡と言っていい。

この急報に飛び上がったのがクロパトキン将軍である。

彼は難攻不落の旅順要塞を落とした乃木の第三軍を必要以上に警戒していた。

しかもその兵の数も三倍強の一〇万と勝手に誤認していた。

かつて第三軍に属していた第一一師団によって清河城の落城を聞いたクロパトキン将軍は「東部戦線にあの旅順を落とした乃木が来た！」と慌てたのである。

そして、この方面への手当てとして日本側の戦力に対して過大な戦力を向けてきたのである。

日本軍にとっては真にありがたい誤認であった。

このころ本物の乃木は疲れた兵士を叱咤して、強行軍ののちにやっと戦線の一番西側に到着していた。

清河城の落城を聞いた乃木は二七日に逆側の一番西側方面で彼の意思で戦闘を開始する。

この時の第三軍の兵力はわずか三万四〇〇〇人であった。

この「本物乃木」の戦闘開始でまたもやクロパトキン将軍は狼狽し、さきほど東に増援に行かせた軍団を急遽、西側に移動させたのである。

このあたりはまるでサッカーのクロスプレーで右往左往するゴールキーパーのようであった。

源太郎の考えた鶴の羽を伸ばした様子から呼ばれた「両翼の躍進作戦」が東の鴨緑江軍、西の第三軍によって開始されたのである。

源太郎は両翼を広げて三六万のロシア軍を包囲して中央軍を躍進させてクロパトキンのいる奉天の敵司令部を陥落させようと目論んだのであった。

ここで奉天を中心として東からの日本陸軍の布陣を示しておく。

旅順から行軍を重ねて駆けつけた乃木の第三軍は一番西側に位置する場所で戦闘を始め、もっとも機動力を有する秋山好古率いる第一騎兵旅団もこの第三軍の中に位置づけられた。

さて奉天会戦までのロシア側の動きを説明する。

先の黒溝台の戦闘で自分の動きに呼応しなかったクロパトキン将軍に裏切られたと感じたグルッペンベルク将軍は、憤慨して辞表を叩きつけて首都サンクトペテルブルグに帰っていった。

気持ちはわかるがかなり短気な将軍である。

クロパトキン将軍は、グルッペンベルグ将軍がいなくなったあともう一度手薄と判断した日本陸軍の西側を狙う作戦を立てた。

クロパトキンとしてはこの成功率が高い作戦をグルッペンベルグによって勝利されると困ったからであり、今

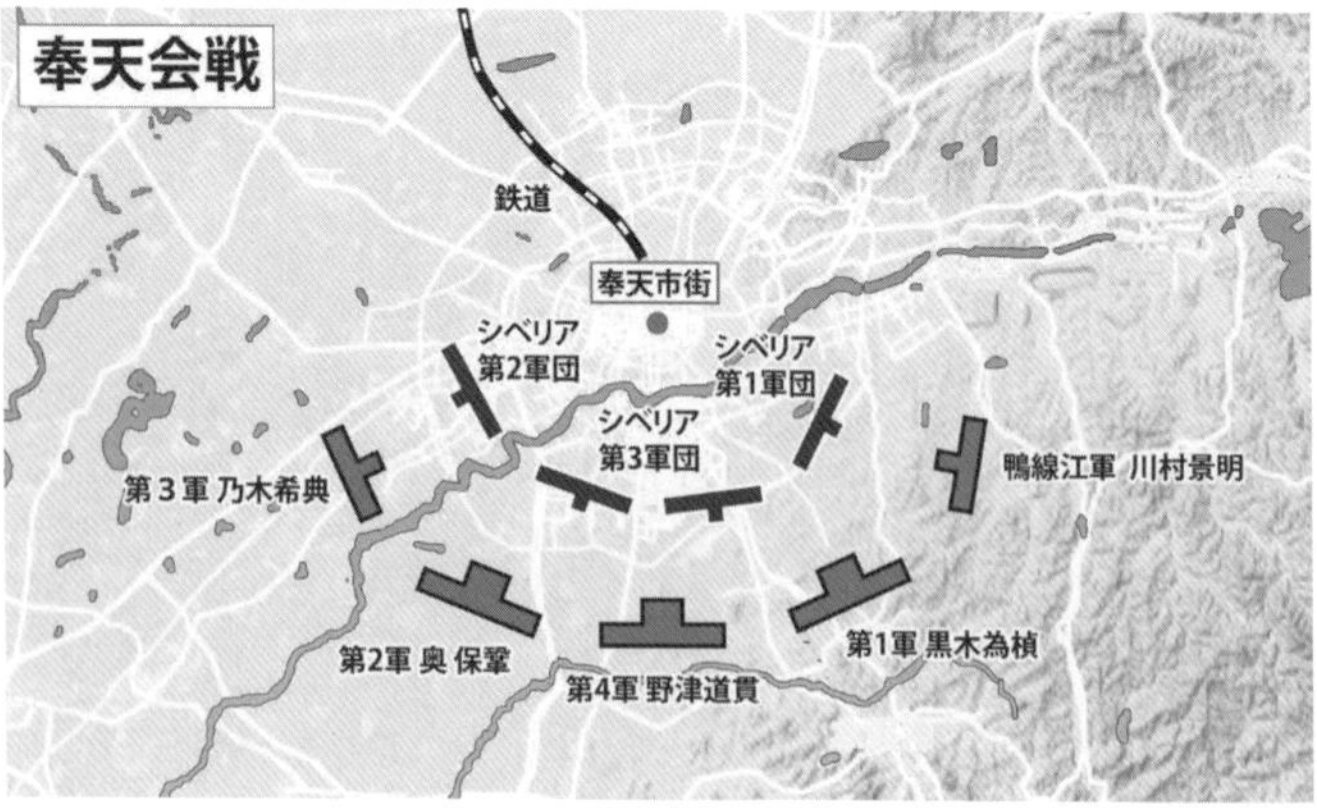

回は自分自身で同じ作戦をやってみようと考えたのである。

この同じ軍内での出世競争という矮小な考え方が、後の世界史を変えたといっても過言ではない。

しかし鴨緑江軍が一番東端にあった戦線で有利な戦いぶりを展開するので、最初に考えた作戦を断念して西ではなく東に大軍を集結させた。

前述したように遅れてやってきた乃木の正規軍が西側に布陣を固めたという情報に接して今度は逆に西側を厚く手当をした。

戦闘中において幾万の大軍の配置転換は口で言うほど生やさしいものではない。

事実この会戦中に移動のために東西に振り回された最強といわれたロシア第一軍は会戦終了まで移動するだけで一度も戦闘に参加できなかったのである。

この辺りがクロパトキンの悪い癖で、名将であるがゆえに相手の攻撃に対して必要以上に機敏に反応しすぎるきらいがあったのである。

すなわち自主的に攻撃を選ぶのではなく、相手側の出方によって一喜一憂しては自軍の配置転換をして安心するタイプの将軍であった。

今になって考えてみるとクロパトキン将軍というのは、ロシアの敗北を確定させるために日本陸軍が雇ったような貴重な将軍であった。

奉天会戦　一九〇五年二月二一日〜三月一〇日
戦力
日本側　約二四〇〇〇〇人
ロシア側　約三六〇〇〇〇人
損害
日本側　死者一五八九二人
負傷者　五九六一二人
ロシア側　死者八七〇五五人
負傷者　五一四三八人
行方不明　二八二〇九人
（うち捕虜　約二二〇〇〇人）

四二　奉天会戦　二

源太郎の作戦では奉天駅を中心としたロシア軍司令部を右手では鴨緑江軍、左手には第三軍、この両翼で以てしっかり包み込んでしまおうという作戦であった。

またロシア軍主力の正面には砲弾を一番多く与えた第一軍（黒木）、第二軍（奥）、第四軍（野津）に両翼の動きと連動させて中央突破させる考えであった。

しかし「言うは易し」で現状はロシア側三六万人と日本側二四万人の兵士の人数差と弾薬の補給量の差、そして何よりも兵の質の差が大きな問題であった。

ロシア軍側は一日二〇〇〇人の「イキのいい兵士」を兵器と食料を携えてシベリア鉄道が毎日補給してくるのだ。

これでは一〇日おきに精鋭の一個師団が出来上がってしまう計算だ。

対して日本側は手持ちのカードを全て使い切り、補填を内地で「畑仕事」をしていた老人で新たに軍を作らなければならない惨状である。

今の状況を例えると三六人のスクラムを組んだ成人男子に対して、二四人の小さな子どもたちが手をつないで一列に包囲してるようなものである。

しかも悪いことに、後方からは毎日成人男子が一人ずつ加勢するのである。

つまりクロパトキンはその気になればどの地点からでも成人男性チームを向かわせて日本軍を突破させることが可能な非常に危うい包囲作戦であった。

さらに悪いことにクロパトキンにとって有利な環境がもう一つ備わっていた。

それは冬将軍であった。

ロシア軍は奉天司令部付近に旅順と劣らないコンクリートで築いた半永久の地下要塞をすでに作っていた。

その地下要塞の上に被った土が冬のマイナスの温度によって凍土と化し、「自然の鎧」を形成していたのである。

であるから正面の黒木軍の野砲が放った砲弾がこの永久凍土によってことごとく弾かれてしまい、当初期待していた通りの砲撃効果が出なくなってしまったのである。

このことによって要塞を撃破して行われるはずであった正面軍の歩兵によるすみやかなる前進が阻まれてしまった。

一方この間乃木の第三軍はなんとか左手を長く伸ばそうとしている。

しかしこの行動は子どもの遊びの「とおせんぼ」とまるで同じでも第三軍が包囲しようとすればするほどロシア軍もこれに呼応して翼を広げていくような格好になる。

自然にその線は細く薄く絹の糸のようになっていくのであった。

この奉天の会戦で勝敗をひっくり返す要因となった二つの事実がある。

一つ目は源太郎がわざわざ旅順から引っ張ってきた二八センチ榴弾砲であった。

まさに二八センチ榴弾砲さまさまである。

移動して設置するだけでも困難を要するこの巨砲を旅順から六門移動させて即座に使用可能にしたのである。

当時最新鋭といわれた戦艦三笠の主砲が三〇センチ、八門であったので源太郎のこのアイデアは奉天の南側に戦艦を一隻置いたのと同じことであった。

この大口径砲はロシア軍の野砲の射程よりもはるかに長い八〇〇〇メートルの遠距離で撃つことができ、奉天の敵司令部への直接攻撃が可能である。

またこの砲の陣地は密かに山中深くに築かれていて、戦後までロシア軍は見つけることができなかったほどであった。

二つ目は一番左手の先端を担当した、秋山騎馬部隊の働きである。

あくまでも武力偵察の延長に過ぎない長沼挺身隊と長谷川挺身隊と言う二つの偵察部隊が奉天のはるか北、鉄嶺を超えた場所まで偵察に長駆したのだった。

また彼等は単に偵察だけではなくロシア軍の軍事物資を蓄えた倉庫に火をつけたり、橋を爆破したり、あるいは小規模な戦闘行為もしばしば行ったと言う。

このことが常に臆病なクロパトキン将軍の「退路を断たれる」と言う発想につながったのだ。

仮にそうなったとしても、それを押し返すのに充分な兵力を持っていたにもかかわらずである。

源太郎は三月二日、二八センチ榴弾砲を含む多数の野砲と山砲でもって奉天の正面陣地の攻撃を行った。

凍土の鎧で守られた奉天地下要塞であったが、二八センチ榴弾砲のごうごうと鳴る飛翔音と破壊音でクロパトキン将軍は冷静に判断ができなくなっていたという。

この後に源太郎は正面方向への総攻撃を実施したのであった。

しかし三月五日、ロシア側は第二軍司令官、カウリバルス将軍が伸びきった乃木の第三軍と奥の第二軍の間に「隙間」を見つけてこれに対して大攻勢をかけてきた。

やはり絹のような皮膜は脆いものであった。

正面の軍と違い砲を十分に装備していない第三軍の第一師団に対して怒涛の攻撃をかけて来たのであった。

特に大石橋の戦いは、長い日本の陸軍史の中でも相当ひどい例として語られるほど敗走に次ぐ敗走劇であった。

乃木は旅順でも「悲運の将軍」として名を馳せたが、またここにおいても旅順と同じように「悲運の将軍」の名をつけられることになる。

元来乃木はそういう「貧乏くじを引く星のもと」に生まれついていたのかもしれない。

このようにロシア軍にとっては非常に有利な展開になり、第三軍も滅亡寸前まで押し込まれたにも関わらず「奇跡の三月七日」と呼ばれる状況が起こったのであった。

信じられないことであるが、この日にまたクロパトキンの「悪い虫」が出てきて急に気が変わったのである。

秋山真之が放った偵察隊を一個師団と勘違いした報告があり、これにより退路を断たれると勘違いしたクロパトキンが勝手に優勢にもかかわらず戦闘を中断したのであった。

この間隙を突いて中央を突破する日本陸軍の三つの軍は激戦という表現では生ぬるいような戦闘を繰り返して歩兵を前進した。

そしてまだ日本軍の包囲が完了していないにもかかわらず、クロパトキンが例の臆病心によって三月八日に全軍に退却命令を出して鉄嶺まで撤退してしまったのである。

まさに不思議としか言いようがない行為であった。

いずれにしても日本軍はまたしてもクロパトキンの優柔不断と臆病心によって救われたのであった。

しかし後がない日本陸軍としては、追撃してなんとかこの鉄嶺においてクロパトキンを殲滅したいという焦りにも似た気持ちがあったので第二軍が中心となってこれを追尾した。

撤退していくロシアの軍はもはや軍というような秩序が取れた集まりではなく、逃亡兵は出るわ、窃盗は起こるわで軍隊秩序が皆無の「烏合の衆」に成り下がっていたという。

その証拠にこの退却時には戦闘時よりもはるかに多い、二二〇〇〇人もの捕虜を出してしまったのである。

要するに兵士の戦闘意欲はすでにゼロであったのだ。

鉄嶺まで引いてもう一度反撃のチャンスをうかがうように命令したクロパトキンではある

が残念ながら首都のサンクトペテルブルグではそう理解しなかった。

完全にクロパトキンに「敗軍の将」のレッテルを貼ったのである。

その証拠に奉天の会戦の後クロパトキン将軍は、その敗走を理由に宮廷から司令官を解任されてしまうのである。

世界はこの解任によってロシアの敗北宣言とした。

日本はよくても五分五分を考えていたのであるが、ロシア政府の解任劇で貴重な「勝ち点」を拾ったのであった。

このことによって列強各国は「判定待ち」の奉天の会戦を完全なる「日本の勝利」と位置づけたのであった。

ちなみにこの三月一〇日「奉天の会戦勝利の日」はそれ以来、陸軍記念日として制定されたのである。

四三　終戦工作

スサノオ

「源太郎、奉天も落として一安心じゃのう」

「しかし軍内では追撃してクロパトキンを捕虜にせよという意見が出ています」

「馬鹿なことを言うでない！　そもそも砲弾はあるのか？」

「まったくない状況です」

「源太郎、よく聞け。喧嘩は始めるのも難しいが矛を収めるタイミングが一番難しいのじゃ」

「わかっております。すでにわが国には健全な師団も砲弾も資金もありません」

「そうであろう、日本国内の台所状態はお前が一番理解しているはずじゃ」

「承知しました。ただちに終戦工作に入ります」

「それがよい。陸軍は世界最強のロシア軍とよく戦った。あとは海軍のバルチック艦隊との決戦の朗報を待つように。講和はそのあとじゃ」

※

三月一〇日、源太郎率いる満州軍司令部はクロパトキンが放棄した奉天市内になんの抵抗もなく入城した。

奉天のはるか北方にある鉄嶺に逃げたクロパトキンを追って、第二軍を先頭に全軍は掃討戦をおこなった。

日本軍の追撃を受け、軍隊の秩序を失ったロシア軍は文字通り「蜘蛛の子を散らす」ようにしてそのさらに後方のハルビンまで撤退したのである。

このハルビンの地でクロパトキンはロシア帝都からの罷免の報告を受けることになったことは前述した。

クロパトキンの後を継いだのがリネウィッチ将軍であった。

リネウィッチ将軍は非常に勇猛な将軍で、もし最初から奉天の会戦がこの将軍によって行われていたら源太郎を含めて日本陸軍の命はなかったことであろう。

いずれにしても猛将のリネウィッチ将軍を立てることによって、ロシア政府は世界世論に対して未だ日露戦争においてのファイティングポーズを誇示していたのである。

一方、奉天会戦に勝った側の日本は逆に第三軍は文字通り「刀折れ矢尽きた」状態であり他の軍にもかなりの死傷者が出てまさにふらふらの足取りでロシア軍をロープ際に追い詰めただけの状態であった。

あと一発、最後のパンチが繰り出せない。

問題はこの「奉天の会戦の勝利」を知った日本国内の一般大衆の反応であった。

奉天陥落の日には全国で提灯行列ができて戦勝を祝った。

そして日本国内の各新聞社は奉天の会戦の勝利を大々的に報じて、このままはるかウラジオストクやハルビンまで攻め込むべきだと言う、台所事情を考えない楽観的な風潮が紙面を飾ったのである。

当然その新聞を読んだ日本国民たちは本当はフラフラでもう立てない日本陸軍の実態も知らずに「このままの勢いでもっと戦って気持ちの良いＫＯパンチを繰り出すべきだ」と囃し立てた。

たしかに「臥薪嘗胆」で一〇年間贅沢を我慢して戦費を捻出した国民にはそれを言う権利はあった。

しかし兵士の損傷や砲弾の枯渇状態を熟知している源太郎はこの事を一番恐れたのであ

る。

大山巌も満州軍司令部を創設して日本を発つ前に「私は満州の現場を一生懸命がんばりますが、戦争の引き際だけはよろしくお願いします」という意味のことを内閣に伝えて広島を発っている。

「どう考えてもここらが潮時である」と源太郎は心の中で思った。

そろそろ誰かにリングにタオルを投げ込んでもらわなければならない。

しかし陸軍参謀本部次長の長岡外史から、一向に講和を押し進めているような報告が来ないのであった。

それどころかウラジオストクやサハリンへの出兵案すら出るような始末であった。

一方伊藤博文の命令でアメリカに渡った金子堅太郎は、ハーバード大学の旧友であるルーズベルト大統領に盛んに働きかけを行っていた。

その証拠にルーズベルト大統領は、大統領の職務以上に日本のこの講話に対して非常に好意的にロシアの皇帝ニコライ二世に向かって積極的に講和の働きをしてくれていたのである。

長岡外史

しかしニコライ二世は、まさに今波を蹴って日本に向かっているバルチック艦隊が日本海域に到着すれば鎧袖一触で日本海軍連合艦隊を海の底に沈める事を信じてやまない。

すなわちロシア政府の正式回答は、「あくまで決戦は日本海海戦である」とルーズベルト大統領の特使に伝えた。

つまり日本との講和などはその後であるという態度をとったのである。

同じく日本国内も意外と「世界最強」と言われたロシア陸軍は脆いものだと感じ取った日本国民は、「もっと領土を取れ。そして領土を広げた後に講和だ」という雰囲気が盛り上がっていた。

この報告を受けたルーズベルト大統領は両国の間での講話の話はまとまらないと判断したのであった。

両国の意見の相違を知った源太郎は、「もうこの終戦処理をするのは自分しかいない」と決意した。

彼はまだ目の前の敵の掃討戦が終わっていないにも関わらず大山の許しを乞い奉天の司令部から密かに東京へ帰国したのであった。

思えば日露戦で源太郎の成したことは、

一　ロシアの開戦に伴う情報収集
二　ロシア開戦までの政財界への説得
三　各軍の創設、人選
四　満州軍司令部参謀長として作戦立案
五　旅順要塞戦への実戦指揮
六　奉天会戦に向けての二八センチ砲の移動

さらにこれに加えて、終戦工作をしなければならなくなったのである。

実に何人もの人間が集中してやらなければならない仕事をたった一人でこなすはめになってしまったのである。

極秘で満州から東京に戻った源太郎を長岡外史が東京駅まで出迎えたときの言葉が印象的である。

「長岡！　貴様なぜ早く火消しをせんのじゃ！」

この一言は「そこから旅順は見えるか！」に匹敵するほどの名文句である。

源太郎はその足で海軍の山本権兵衛の所に赴き、陸軍の現況を報告した後に急いで終戦工作をすべきであると説いた。

源太郎と同じく聡明な山本権兵衛は、即座にこの源太郎の意見を了承したのであった。

海軍ではこれからのバルチック艦隊との決戦が控えている時期であった。

ここに陸軍と海軍が揃って正式に終戦工作を開始するのであった。

さらに主戦論者であった外務大臣小村寿太郎を説得したのちの五月五日に、源太郎は満州に戻ることができたのである。

八面六臂《はちめんろっぴ》の働きとはまさにこのことを言うのであろう。

❖コラム⑤ 児玉と軽気球

そもそも旅順攻略に乃木が手こずる理由が海軍の要望と陸軍の要望の二つを同時に満足させないといけない点であった。

海軍側、バルチック艦隊が来るまでに旅順艦隊を壊滅させたい。すなわち旅順港が一望できる観測点の攻略。

陸軍側、速やかに要塞の中心を突破して旅順市街に突入。

歴史に「もし」は禁句であるが、もし日露戦争時に飛行機が開発されていて空中から旅順港の詳細が撮影できたなら海軍側の要請を難なく達成でき、第三軍はいたずらに兵士を殺す必要がなかったであろう。

そしてまた陸軍の要請どおり「要塞の中心を突破」にのみ専念できたのではないかと思う。

さすがに飛行機の発明はなされていなかったが、当時それを満たす「軽気球」がすでに開発されていた。

陸軍と海軍はフランスとプロシア間で起こったのいわゆる「普仏戦争」の時にフランス軍が軽気球を使ってパリまでの伝令や撤退を行った事実を鑑みて開発を進めていたのである。

このころ起こった西南戦争時に包囲されていた源太郎の守る熊本城を空中から観測できないかという観点から気球の開発に取り組んでいたのであった。

実戦配備が可能になると源太郎は日露が開戦すると同時に軽気球を旅順に送るように要請していたのである。けだし慧眼である。

実際に旅順では旅順港観測のために合計一四回の気球の昇騰を成功させたが、その八回目の昇騰時（八月二四日午前九時三〇分〜一〇時一五分）、幹家郕の上空・高度五〇〇メートルより旅順港と旅順の背面とを偵察し空中写真を撮影していたのである。

五〇〇メートルと言えば後に激戦地となる二〇三高地よりも倍以上の高度である。かなりの広範囲で目視が可能であったはずである。

この時の撮影の詳細は旅順の気球から敵将ステッセルが隠れている白玉山の兵営や軍備を偵察したり、敵の戦艦や運送船の行動を発見したり、また旅順港内の敷設水雷を見つけることができたらしい。

かなりの精度であったことがわかる。

この時に下記のような陸軍の報告がある
「白玉山の麓にぴつたりと身をひそめて隠れてゐた巡洋艦バロラダ號を發見したときに、早速、これを海軍に知らせてやりますと、海軍側は『これには少しも氣付かなかつた』こととて非常に喜び、伊集院参謀はわざわざ氣球隊の陣地へ訪ねて来られ、自分で氣球に乗つてこれを確かめ、榴弾で攻撃するのを上空から觀測されました」

このように陸軍、海軍と連携して軽気球を使い、間接砲撃の観測点として効果的に運用していたことがわかる。

結局、気球偵察は合計一四回目の昇騰（一〇新しい物好きの源太郎の側面が見て取れるエピソードである。

月三日）で終了しているが、その理由は気球の劣化であった。

もし気球が複数あるか、劣化せずに使用可能であったならば「観測地点の確保」は上記のようにある程度達成されていたのではないだろうか。

余談ではあるが、源太郎は軽気球に関して面白いエピソードを残している。

陸軍が初めて軽気球を採用したとき、茨城県大洗でこれに試乗した源太郎は横揺れで気持ちが悪くなったのであろう、上空で顔面蒼白となって思わず籠の中で吐いてしまった。

それ以来、陸軍内部では大酒を飲んで泥酔して吐く者のことをを「児玉将軍の軽気球」と呼んだらしい。

四四　日本海海戦

源太郎が終戦工作から満州に戻ってきてからは、陸軍の動きは鉄嶺からさらに北進した「公主嶺」の地でロシア軍と睨みあっている状態であった。

補給を待つ両軍にはもはや大きな会戦を行う余力が無く、あとは「海軍の勝敗に委ねる」という雰囲気の中で対峙を続けている。

あとは海軍の戦いを見守るだけであった。

日本海海戦　一九〇五年五月二七〜二八日

敵艦見ゆ！

一九〇五年五月二七日　早朝

かねてから対馬の南方を探索していた日本の哨戒艦信濃丸から「敵艦見ユ」との通信を秋

戦艦三笠

山真之参謀は旗艦三笠の艦上で受け取った。

この報告を受けた秋山は小踊りをしたという。

この戦いを前にして秋山はあらかじめ日本を囲む四方の海に碁盤目に区画を決めて番号を振っていた。

そしてそれぞれに商船、漁船を改造した哨戒艦を配置して、迫り来るバルチック艦隊の進路を一秒でも早く捉えれるように苦心した。

信濃丸の配置は、区画番号二〇三番の対馬南東であった。

そもそも二〇三高地といい二〇三区画といい、日露戦争は「二〇三」という番号が付きまとう。

「ついにバルチック艦隊が来たか、すべては手はずどおりである。対馬を通るからはこの戦いは勝ったも同然だ！」

秋山は満面の笑みで傍らに立つ通信士に対して命令した。

「通信士、信濃丸に敵艦隊の戦力、速度、進路を問え」

「はっ、すぐに信濃丸に返信します」

さっと敬礼してきびすを返すように作戦室を出て行く通信士の後姿を見ながら

「それにしても発見水域番号が二〇三番区画とは……よほど縁がある番号のようじゃのう」

その声は出て行った通信士には届かなかった。

秋山は六ヶ月前の旅順要塞攻防戦の際、分水嶺となった二〇三高地のことを思い、この数字の一致の偶然性に人知を超えた力の存在を意識したのである。

当時、旅順港を閉塞するために湾外で駐留していたときに旅順港外から見た二〇三高地攻略の必要性を、乃木希典率いる第三軍に執拗に説いたのは他ならぬ秋山自身であった。

余談ではあるが秋山はこの人知を超えた神がかり的な出来事によって、日露戦争後は僧侶になっている。

「報告！　敵艦隊数は約四〇隻、戦艦八隻を認む！　先頭は旗艦スワロフ。敵陣形は二列の縦陣、速力一五ノットで北東に進路を取っています」

この通信士からの伝令に対して秋山は矢継ぎ早に指示を下した。

「作戦はすべて予定通り、巡洋艦和泉をもって対馬沖の主戦場に引っ張り出すように。また夜襲に備え水雷艇の準備もするように」

「はっ！」

「それと海軍司令部に以下を打電『敵艦見ユとの報告を受けこれより戦闘に入る、なお本日天気晴朗なれど波高し』」

この短い文章の中に今日の戦いは日本艦隊にとって有利であることを盛り込んでいる、「天気晴朗」とは視界がよく敵艦がよく見えるということ、「波高し」は高波によって艦が上下するので通常は射撃の精度が落ちるが、我が軍はそのための訓練を厳しくやったので命中精度はこちらに利があるということだ。

また波が高いことで当初予定していた秋山考案の連携機雷を敵艦隊の予定進路に敷設する作戦はできない意味も込めていた。

早朝の発見から巡洋艦和泉が率いる小艦艇は、秋山の緻密な作戦によって小口径砲などで巧みに攻撃をかけては計画的な退避行動を行い、あらかじめ決めていた決戦水域にバルチック艦隊を誘い込んだ。

ここから秋山の考えた「七段構えの戦法」が始まることになる。

午後一時ごろには旗艦三笠を先頭にした戦艦と巡洋戦艦で構成された主力が待ち構えた水域に見事にバルチック艦隊はその姿をあらわしたのである。

旅順港

そこまでの午前中の戦いは駆逐艦などの小艦艇だけの攻撃で、しかもロシア艦の大型砲を撃たれたらすぐに逃げ出す作戦であった。

この弱腰を装う日本海軍に対してロシア各艦の将兵は「前評判と違い日本海軍は逃げるばかりで思ったより腰抜けのようだ。どうやら我々は敵を過大評価しすぎていたのではないか」という楽観的な雰囲気に包まれていた。

「幽霊の正体見たり枯れ尾花」という心境であった。

これを作戦とは気がつかないバルチック艦隊は、勝利をなにも疑うことなく威風堂々とした威容で旗艦スワロフを先頭にした二列縦陣を構成して悠々と決戦水域に登場したのである。

日本艦隊旗艦三笠艦上の司令塔内で東郷平八郎司令長官は愛用の八倍のカールツアイス製の双眼鏡から目を離して「やっと来たか、総員戦闘配備！」と命令した。

続いて「皇国の荒廃この一戦にあり、各員一層奮励努力せよ」という意味を持つＺ旗がするするとメインマストに掲げられた。

午後一時半に開始された主力艦同志の戦いは、有名な東郷ターンによる丁字戦法によって敵戦艦を撃沈。残りの艦艇は水雷艇による夜襲攻撃によってそのほとんどを海の藻屑にしてしまった大戦果は周知のことである。

三日間にわたった日本海海戦の結果を以下に集計してみた。

日本海軍の損失はわずか一〇〇トン以下の水雷艇三隻だけで、しかも、これはロシア側に攻撃されて沈没されたのではなく味方同士の衝突が原因である。

それに対しロシア艦隊の損害は、

戦艦八隻のうち撃沈六隻、捕獲二隻
装甲巡洋艦三隻はすべて撃沈
巡洋艦六隻のうち撃沈一隻
装甲海防艦三隻のうち撃沈一隻、捕獲二隻
駆逐艦九隻のうち撃沈四隻、捕獲一隻
仮装巡洋艦一隻は撃沈一隻
特務艦六隻のうち撃沈三隻
病院船二隻は捕獲二隻

東郷平八郎

完勝であった。

なんと三八隻のうち二六隻が撃沈または捕獲されたことになる。

ことに主力とされた戦艦、装甲巡洋艦、装甲海防艦は全滅。生き残った一二隻のうち、逃走中に沈没または自爆二隻、上海、サイゴンなどの中立国に逃げ込んでそのまま武装解除されたもの六隻で、目的地であるウラジオストクにたどり着いたのはたった四隻のみというからほぼ全滅といってもいいほどの完全な敗北である。

かつて「海戦」と称される戦いは世界史に数多く記されているが、これほどまでに一方的な戦いはなかった。

また人的被害もロシア側の戦死者四五四五人、捕虜ロジェストヴェンスキー中将を含む六一〇六人、日本側の戦死者はわずか一〇七人という圧倒的なスコアでこの海戦を終えた。

このように戦果としては勝利という生易しい表現では足らず、「完膚なきまでに叩いた圧勝」に終わったのである。

もとより海軍軍令部が連合艦隊に与えた命令は「バルチック艦隊の全艦撃破」という非常に難易度の高い注文ではあったが秋山参謀の七段構えの戦法と東郷司令長官による丁字戦法によってみごとに軍令部の命令を完遂することができた。

この報を満州の戦場で聞いた源太郎は、「これで両国の講和が成った」と確信したのであった。

ロジェストヴェンスキー

四五　ポーツマス条約

講和

後の陸軍記念日に制定された三月一〇日、日本陸軍はロシアに奉天の会戦で勝利した。

後の海軍記念日に制定された五月二七日に海軍は対馬沖でバルチック艦隊を撃滅した。

この二つの成果によって、世界世論はロシアに対する日本の勝利を完全に認識したのである。

このことによって米国ルーズベルト大統領は、前回できなかった日露間の講和の仲介をもう一度取った。

これがいわゆるポーツマス条約である。

陸軍、海軍とともに勝ったと思っている日本はロシアに対して賠償金を取ることを考えていた。

この賠償金によって当時の国家予算の四倍にあたる国債を発行してまで捻出した戦費約

二〇億円を返済できると計算していたのである。

しかし一方、はるか公主嶺まで退き、シベリア鉄道の輸送によって戦力を増強させているリネウィッチ将軍率いるロシア陸軍はまだまだ「負け」と考えておらず戦争を継続する意思があった。

日本国内では一番講和に持ち込むのを妨げていた戦争継続を主張する小村寿太郎と桂太郎を源太郎が説得したおかげで講和に向けてスムーズに話が進められたのである。

そして八月一〇日アメリカ東部のポーツマス海軍造船所内において、日本外相・小村寿太郎とロシア全権ウィッテとの間で講和会議が始まった。

賠償金を必ず取ってほしいと言う日本国民の要望を受けて小村寿太郎は席に着いたのであるが、結局は下記の内容でロシア全権大使・ウィッテに押し切られてしまったのである。

一　賠償金は支払わない
二　満州からのロシア軍の撤退
三　樺太の南半分の割譲
四　満州鉄道の利用権

五　朝鮮への排他的指導権

六　遼東半島の移譲

これが、まだまだ「戦う意志あり」のロシア政府に対して、ルーズベルト大統領の肝いりで成したギリギリの成果である。

九月五日、日露両国の間でポーツマス条約が締結された。

しかしこれを受けた日本国民はこの結果に不満を持ち、東京でいわゆる「日比谷焼き討ち事件」が起こる。

この事件は日比谷に集まった群衆が暴徒と化して内務大臣官邸や警察署、日本新聞社などを襲い火を放った騒動である。

とにかく明治の人たちは熱かった。

政府はこれに対して戒厳令を出して取り締まりをしたことによって騒ぎはさらに全国的に広がり、なんと全国で約二万人の逮捕者を出した。

最終的にはロシア正教会の建物を壊したり、ロシアとは関係ない西洋人の家に投石したりと言う秩序のない暴動に発展していった。

いかに日本国民がポーツマス条約の内容に「裏切られた」という感情が強かったかがよくわかる。

早期の講和を主張して「軟派」と考えられていた源太郎の家もまた投石等の暴動の標的になると懸念されたが、幸いにも暴徒に襲撃される被害はなかった。

この時期、源太郎はまだ満州の公主嶺でリネウィッチ将軍と対峙していた。

四六　満州軍凱旋

一九〇五年九月にポーツマス条約が調印されて日露両軍に休戦が成立した。

その後一〇月にポーツマス条約が批准され、ここに初めて正式に日露戦争は終結した。

やっと長くて苦しい戦いが終わったのである。

ちなみに海軍は一二月二一日東京湾の戦艦三笠艦上で、連合艦隊の解散式を行っている。

司令長官・東郷平八郎は「連合艦隊解散の辞」の最後の一節「勝って、兜の緒を締めよ」で海軍の日露戦争を締めくくった。

さて陸軍である。

伊藤博文や渋沢栄一に対しての公約どおり「作戦の妙を得て六分四分の勝ち」を拾い矛を収めた源太郎たち満州軍は、一一月三〇日に無事大連から引き揚げ船に乗船したのであった。

かつて一〇年前の日清戦争時代に源太郎が設置した広島・似島の検疫所の検疫を満州軍は無事通過した。

一二月七日、大山巌以下満州軍司令部の将軍たちを乗せた汽車が多数の万歳三唱の中、新橋駅に着いた。

この日の新橋駅には戦勝を祝う東京市民が、足の踏み場もないほど集まったといわれている。

源太郎と満州軍司令部の面々は休むことなくその足で馬車に乗り、宮中へ参内して明治天皇に凱旋報告を行った。

ここに陸軍の日露戦争は終わったのである。

※

明治四四年生まれの筆者の祖母が、よく歌っていた日露戦争の凱旋を語った「日露戦争尻取り歌」を紹介したい。

私は子どものころに何度も聞かされていたので、今でもよく覚えている歌である。

にっぽんの
乃木さんが

凱旋す
スズメ
メジロ
ロシア（ヤ）
山ん国
クロパトキン
金の玉
負けて溜まるはチャンチャン棒
棒で殴るは犬殺し
死んでも命があるように

で、また始めの「に」に戻り「にっぽんの」と延々と続く歌である。

おそらく奇跡的な日露戦の勝利に国民が自発的に作った歌なのであろう。敗軍の将、クロパトキンまで登場する。

当時の日本人の高揚した気持ちが伝わってくる。

しかしこの歌の出だしは児玉でも東郷でもなく「悲運の将」乃木の名前からスタートするところが興味深い。

四国・愛媛の八幡浜市で育った祖母が歌っていたくらいであるから、おそらくこの歌は当時日本中で流行したことは想像に難くない。

それほど国民は影の立役者「児玉」よりも乃木の悲劇のスター性に惚れて、孫子の代にまで語り継いだのであった。

誠に皮肉な話である。

しかし終始「黒子」に徹した源太郎は、むしろ不器用で実直な乃木が自分よりも国民に愛され持て囃されることの方が良しとしたことであろう。

四七　終戦後の源太郎

日露戦争を勝利に導いた源太郎は、次に戦後の日本を軍人ではなく政治家の目で改革しようとしていた。

一　陸軍の指揮系統の改革

ここで最初に説明しておかなければいけないのは、陸軍の作戦指揮系統である。

ご存知のように陸軍には「陸軍省」というものがあって、その一番上に陸軍大臣がいる。

これが一つのルートである。

そしてもう一つの組織として「参謀本部」という組織があり、その上には参謀長と言うトップが君臨する。

すなわち同じ陸軍というものの中に二つの配線があるのである。

二つの違いは何かと言うと「陸軍省」は予算の獲得などの行政面を担当し、「参謀本部」

という組織は戦時の作戦を担当して、しかも天皇と直結しているということである。

すなわち大元帥である天皇の統帥権に直接関与できるのが参謀本部である。

「天皇に直接物が言える」という超越した組織のパワーによって陸軍省自体はいざ戦争が始まってしまったら何も物が言えなくなってしまうと言う不合理さがここにあった。

これは海軍も同じで海軍大臣をトップにいただく海軍省があり、一方では「軍令部」と言う天皇と直結した組織があった。

名誉欲の強い山県有朋などは逆にこの天皇と直結しているシステムを利用して、陸軍省の動きを制圧しては自分の居場所を押し広げていったのである。

源太郎は一つの組織に二つの配線があるということに対して以前から疑問を持っていた。すなわち天皇に直結する参謀本部と言う機関そのものの必要性を疑問視し、なるべくその力を陸軍省に纏めて縮小しようとしていたのである。

現代で言うところの「シビリアンコントロール」に似ている。

しかしこれは言ってみれば、自分が参謀次長として属する組織を無力化してしまおうという構想に等しい。

世話になっている自分の属する組織を壊そうというところが、ある意味幕末の勝海舟の立ち位置とよく似ている。

勝海舟は旗本として自分が属している江戸幕府を明治維新のためには不必要と判断し、倒幕グループと接近して切り捨て工作を行ったのである。

当然旗本でありながら幕府をないがしろにする勝海舟が、他の幕臣から睨まれたのと同じように源太郎も参謀本部の他の連中からは、かなり危ない存在として目に映ったことであろう。

二　満州鉄道株式会社による満州経営

源太郎は八年間の台湾総督時代で、占領地を問題なく統治した経験を持っている。戦後獲得した満州の経営においても軍事でこれを治めるのではなく、満州鉄道と言う民間経営の会社を基盤にしてこの沿線を開発し、日本からの入植者を誘致して満州そのものを豊かな地域にしようと画策していた。

これを例えるとイギリスのインドにおける「東インド会社」と同じような構想を持っており、土着の人達との不毛な争いが起こらないように極力軍人による経営に反対したのであった。

つまりは剣ではなくソロバンでの統治である。

いずれにせよ以上の二つの考え方は軍そのものの機能を縮小させるということにおいて共通している。

この辺りの源太郎が、自分の地位を捨ててでも国家一〇〇年の計を優先して考えて構想を出そうとしている様子が垣間見えて面白い。

地位や名誉に固執していた他の軍人たちよりはるかに超越した存在であったことがわかる。

当時わずかにこの考え方を理解していたのは伊藤博文だけであった。

事実彼は日露戦後に「児玉源太郎内閣」の組閣をイメージしており、その動きに走ったと言われている。

つまり源太郎が好むと好まざるとにかかわらず、彼の日露戦争での武勲と卓越した考え方によって日本国政府の頂点である内閣総理大臣の椅子が見えてきたのである。

四八　源太郎逝く

アマテラス
「源太郎や、今日は残念な話をしたい」

「残念な話とはなんですか」

「その前に、仕事の方はどうか？」

「はっ、今は満洲鉄道の総裁の人事をやっているところです。そのことでさきほどまで後藤新平と話をしておりました」

「そうか。本来なら日露戦争の立役者としてお前は総理大臣になるはずであった。事実、伊藤博文もその方向で動いている」

「はっ、次の私の任務は総理大臣ですか？」

「のはずであったがそれは叶わぬ夢となった」

「と言いますと？」

「本来ならお前は総理をやり、二〇年後七三歳の明日の朝に死ぬ予定であったのじゃ」

「今までいただいた神託の対価ですな。それならばこの児玉、甘んじてお受けいたします」

「合計で二〇の神託を受けておるから残念じゃが明日の朝、お前は死ぬことになる」

「そうですか……わかりました。ことさら驚きません。もとより覚悟はできております。ただ死に際を看取る約束をした乃木との約束が守れなかったことだけが残念であります」

「神託があったとはいえ、よくロシアから日本を守ってくれた。日本の神々を代表して礼を言う」

「もったいないお言葉。こちらこそお礼を申し上げます」

「それでは長年大儀であった。残念じゃがこれでお別れじゃ」

「はい、それではこれにてお別れ申し上げます」

※

日露戦争が終結した翌年一九〇六年七月二四日、児玉源太郎は鎌倉の別荘において脳溢血により死去した。

別に長く治療を要するような重い病気を患っていたわけではない。

就寝中にまるですべての役目を果たしたかのように静かに息を引き取ったのである。

事実前日まで彼は元気であった。

死去する前日は後藤新平が源太郎の家に訪れており、満州鉄道の経営方針の話をして最後には満鉄総裁に就任することを彼に懇願しているのである。

最期に一番気心の知れた後藤新平に会い、談笑して安心したかのように源太郎は逝った。

いずれにせよ日露戦争勝利において必要な

情報収集と分析
開戦への説得
全体の作戦立案
満州軍創設
旅順への督戦
奉天の会戦の勝利
終戦工作

とこのような常人にはかけ離れたようなプロセスをたった一人で行った源太郎は、静かに息を引き取ったのである。

「もし彼が生きていたら」と言うことを考えることは非常に難しいことであるが、まずは近々に伊藤博文の後押しで児玉源太郎内閣が発足していたであろう。

当然彼は総理大臣の立場から、

一　陸軍省による参謀本部の力の削減
二　満州における民間企業における統治
三　台湾の更なる活性化
四　朝鮮の民間による統治
五　陸軍と海軍とに協調性を要請

このようなことが実際起こっていたのではないかと考える。

またこのことが行われていたならば、昭和に入って軍部の暴走による太平洋戦争の突入まで回避できたのではないかと思う次第である。

そして現在の台湾のように韓国の親日化もあり得たかもしれない。

誠に残念である。

このように日露戦争に勝利するためだけに生まれて、日露戦争が終わると同時にその役目を終えて死去した源太郎の葬儀には、大雨の中を各界から多くの著名人が参列したのであった。

もちろんその中には「自分が死ぬ時は必ずお前に報告してから死ぬ」と約束した乃木大将の姿もあった。

明治天皇の崩御の時に乃木は妻と自刃したが、ついに源太郎とのこの約束だけは履行されることはなかった。

現在源太郎は軍神として二箇所の児玉神社に祀られている。

一つ目は彼が日露の開戦を前にして、多くの新聞社が「開戦の如何」を聞くために訪れた折に煩わしく思い逃げだした江ノ島である。

「当時の児玉閣下は海を見ながらずっと考えごとをされてい

児玉神社

た」と江ノ島の住民に伝えられている。

二つ目は彼の生まれ故郷である山口県徳山（現在の周南市）の児玉町にある。

今でも児玉神社の横にある児童公園に建つ児玉源太郎の銅像は満州の方角を向いて凛々しく建っている。

何も言わない彼の銅像は現在の日本を見て一体何を思い、何を語りかけているのであろうか。

日本を救ってくれた身長わずか一五〇センチの巨人、児玉源太郎の銅像を見ながらさまざまなことを思い浮かべてここに筆を置くことにする。

筆者

児玉源太郎銅像

児玉源太郎略歴（大佐以降）

年	月	日	年齢	出来事	階級	勲位
1886	9	30	33	陸軍大学校　幹事		
1887	6	3	34	監事部　参謀長		
	10	24		陸軍大学校　校長		
1888			35			
1889	8	24	36		少将	従四位
1890			37			
1891	10		38	欧州視察　10ヵ月間		
1892	8	23	39	陸軍次官　陸軍省軍務局長		
1893	4	12	40	陸軍省　法官部長	高等官一等	
1894	10	26	41	日清戦争		正四位
	12	26				勲二等瑞宝章
1895	4	1	42	陸軍検疫部長	男爵	勲二等旭日重光章
	11	14		臨時広島軍用水道施設部長		
1896	10	14	43		中将	
1897			44			
1898	1	4	45	第三師団長		
	2	26		台湾総督		従三位
1899	12	27	46			勲一等瑞宝章
1900	12	23	47		陸軍大臣	
1901	4	20	48			正三位
1902			49			勲一等旭日大綬章
1903	7	15	50		内務大臣	
	7	17			文部大臣	
	10	12		参謀本部次長		
1904	2	8	51	日露開戦		
	6	6			陸軍大将	
	6	20		満州軍層参謀長		
1905	3	1	52	奉天会戦		
	9	5		日露戦争　終戦		
1906	4	1	53			勲一等旭日桐花大綬章
	7	13		南満州鉄道　創立委員長		従二位

あとがき

弱肉強食の「帝国主義」が世界のスタンダードであった明治の初期は立ち上がったばかりの日本にとって、ボタンをひとつ掛け間違えるとすぐにでも餌食にされてしまうような時代でもあった。

この「やらなければやられてしまう」という国家存亡の意識を平成の反戦教育を受けた現代人はとうてい理解し得ないであろう。

その危機を敏感に感じ取って行動に起こせた明治時代の特に長州人たちの感覚はまさに奇跡に等しい。

よく目先のことばかりで大局が見えないことを「木を見て森を見ず」と表現するが、長州人は「木を見て森を見てさらにその上の雲も見ている」という表現が使えるのではないかと思う。

その突出した長州人の中でも特に児玉源太郎は軍事、政治、教育、経済、科学、産業すべてにおいてバランスがとれたまさにオールラウンドプレイヤーであり続け、それでいて名誉や名声にこだわる事は一切なかった。

特に彼の経歴上一番地味な仕事であった日清戦争から凱旋してくる二三万人の「将兵の検疫業務」は、二〇二〇年のコロナウイルスの猛威を経験した私たちにとってその偉大さがよくわかることであろう。

とかく後世に名を残す人物は自分の成したことの拡散に重きを置くものであるが、源太郎は常に「本質」を追求し、自分の本分を知り命を削って与えられた任務に邁進したと言える。

後世の我々もまた世間の評判や価値観に惑わされずに常に「本質」を追求する姿勢と自分の本分を理解し、行動する必要があることを源太郎の姿勢から学ばなければならないと認識した次第である。

参考文献……
児玉源太郎　顕彰会『藤園』
小林道彦　『児玉源太郎』
司馬遼太郎　『坂の上の雲』
ウィキペディア

写真提供（表紙）……
山口県周南市美術博物館

神《かみ》に選《えら》ばれた男　児玉源太郎

2020年6月30日　初版第1刷発行
著　者　　中川 秀彦
編　集　　門間 丈晃
発行所　　株式会社牧歌舎 東京本部
〒101-0064　東京都千代田区神田猿楽町 2-5-8 サブビル 2F
TEL.03-6423-2271　FAX.03-6423-2272
http://bokkasha.com　代表：竹林哲己
発売元　　株式会社星雲社（共同出版社・流通責任出版社）
〒112-0005　東京都文京区水道 1-3-30
TEL.03-3868-3275　FAX.03-3868-6588
印刷・製本　株式会社 ダイビ

ISBN978-4-434-27717-7　C0093
